斩首之邀

INVITATION TO A BEHEADING

Vladimir Nabokov

弗拉基米尔·纳博科夫

陈安全——译

上海译文出版社

Vladimir Nabokov
INVITATION TO A BEHEADING

图字：09－2005－111号

图书在版编目(CIP)数据

斩首之邀/(美)弗拉基米尔·纳博科夫(Vladimir Nabokov)著；陈安全译．—上海：上海译文出版社，2020.7（2024.2重印）
(纳博科夫精选集．Ⅱ)
书名原文：Invitation to a Beheading
ISBN 978－7－5327－8496－7

Ⅰ．①斩…　Ⅱ．①弗…　②陈…　Ⅲ．①长篇小说－美国－当代　Ⅳ．①I712.45

中国版本图书馆CIP数据核字(2020)第105213号

斩首之邀
Invitation to a Beheading

Vladimir Nabokov
弗拉基米尔·纳博科夫 著
陈安全 译

出版统筹 赵武平
责任编辑 邹　滢
装帧设计 山　川

上海译文出版社有限公司出版、发行
网址：www.yiwen.com.cn
201101 上海市闵行区号景路159弄B座
杭州宏雅印刷有限公司印刷

开本787×1092　1/32　印张7.5　插页5　字数135,000
2020年8月第1版　2024年2月第3次印刷

ISBN 978－7－5327－8496－7/I·5226
定价：59.00元

献给薇拉

前言

这部小说的俄文原名为 *Priglashenie na kazn'*[1]。我本来会建议英译名用 *Invitation to an Execution*[2]，尽管重复的后缀读来并不顺畅；但另一方面，*Priglashenie na otsechenie golovï*[3]（Invitation to a Decapitation[4]）倒是我用母语真正想表达的意思，因为同样有读来磕磕巴巴的问题[5]，所以我也没有采用[6]。

俄文原著是四分之一世纪前我在柏林写成的。我在两种制度下看到的是同一出愚蠢野蛮的闹剧，这一事实是否对本书产生任何影响，我几乎从未考虑过，优秀的读者也不必深究。

Priglashenie na kazn' 起初在巴黎一家俄罗斯移民杂志《现代纪事》上连载，后来，一九三八年由同一城市的书籍之家出版社出版。移民评论家们颇感困惑，但喜欢它。他们自认为在书中发现了“卡夫卡式”的格调，殊不知我根本不懂德文，对现代德语文学一无所知，也从未读过卡夫卡作品的任何法文或英文译本。毫无疑问，这本书和我的早期作品（或后来的《庶出的标志》之间确有某些风格上的联系，但与《城堡》或《判决》之间并无任何联系。在我的文学批评概念中，没有心灵类

同的地位。但是，如果我确实需要选择一个同类心灵，我肯定会选择那位伟大的艺术家，而不选乔·赫·奥威尔或其他图解思想的流行作家和政论小说作家。顺便提一句，我永远无法理解，为什么我每出一本书，评论家们总是忙不迭地寻找多少有些名气的作家，以便进行充满热情的比较。三十年来，他们掷向我的名字有（仅列举这些无害投射物中的几个）果戈理、陀思妥耶夫斯基、乔伊斯、伏尔泰、萨德、司汤达、巴尔扎克、拜伦、比尔博姆、普鲁斯特、克莱斯特、马卡尔·马林斯基、玛丽·麦卡锡、梅瑞狄斯（！）、塞万提斯、查理·卓别林、紫式部、普希金、罗斯金，甚至塞巴斯蒂安·奈特。但是，有一位作家的名字从未被提及——我必须满怀感激地承认，在我创作这部小说时，他是对我产生过影响的惟一作家，就是那位忧郁、夸张、智慧、诙谐、神秘、非常可爱的皮埃尔·德拉朗德，不过这个名字是我杜撰出来的。

如果有一天我编一本释义词典，需要用一些单词来做条

---

1 用拉丁字母转写的俄文，《处决之邀》。

2 英文，《处决之邀》。

3 用拉丁字母转写的俄文，《砍头之邀》。

4 英文，《砍头之邀》。

5 兼指 *Priglashenie na otsechenie golov* 和 Invitation to a Decapitation 两者都有重复后缀的问题。

6 暗含“于是有了目前的英文书名 *Invitation to a Beheading*（《斩首之邀》）”。

目，有一个备受珍视的词条将是“在翻译过程中对自己的作品进行节略、扩充，或进行主动修改或被动更改，以达到事后提高作品质量的目的”。一般说来，这样做的愿望与原著和译文诞生的时间间隔长短成正比增长。但是，当我的儿子让我检查这本书的译文时，当我在多年之后不得不重新阅读俄文原文时，我欣慰地发现，我无须与创造性修改这个恶魔进行搏斗。我在一九三五年使用的俄语用语所体现的某种幻象已经得到精当的表达，译成英文只要做些一般性的校正就可以了，因为要达到清晰的目标，英文不像俄文那样复杂，使用那么多令人震惊的固定成分。事实证明，我的儿子是一个十分合适的译者，我们商定了一个原则，忠于原著是第一位的，无论结果会是多么怪诞。学究万岁，让那些认为只要把“精神”译出来（措词可任其自由游荡，幼稚、粗俗亦无妨，比如在莫斯科的郊外，莎士比亚再次被逼扮演国王的鬼魂）便万事大吉的傻瓜们见鬼去吧。

我喜爱的作家（1768—1849）[1] 有一次谈及一部现在已被彻底遗忘的小说时说：“他为全民写作，他拥有一切表现手段。他给孩子们带来欢笑，让女人颤抖，他使世上的男人如同获得拯救一般觉得眩晕，叫从不做梦的人做梦。”《斩首之邀》不是

1 原文如此。

这种小说。它是自拉自娱的小提琴。世俗之人会认为是在玩弄技巧。老人们会匆忙避之，转而阅读地域性传奇故事和公众人物传记。爱好俱乐部活动的女人不会觉得兴奋刺激。心存淫秽者会在小埃米身上看到小洛丽塔的影子。维也纳巫医的门徒们沉溺于共罪和渐进式教育的畸形世界中，会对它发出暗笑。但是（正如《关于影子的演讲》的作者论及另一种灯光时所说），我知道有些读者会跳起来，怒发冲冠。

亚利桑那州橡树溪峡谷

一九五九年六月二十五日

就像一个疯子自以为是上帝一样，
我们每个人都认为自己是会死的。

——德拉朗德《关于影子的演讲》

一

依照法律规定，死刑判决是低声向辛辛纳特斯·C宣布的。在场的人全都站了起来，彼此交换着微笑。满头白发的法官把嘴凑近他耳旁，喘了口粗气，宣布完毕，缓缓走开，仿佛舍不得离去。辛辛纳特斯随即被押回要塞。路绕着要塞的石头山麓蜿蜒而上，到大门底下消失了，就像一条蛇消失在一道裂缝里一般。他很镇静，但是在长廊行走时得有人搀扶，因为他步履蹒跚，像个刚学会走路的孩子，又像是一个梦见自己行走在水面上的人，一脚踩空时才突生疑问：一直走得好好的，怎么会掉下去呢？狱卒罗迪恩费了好长时间，才把辛辛纳特斯囚室的门打开——拿错了钥匙——通常都要如此折腾一番。门终于开了。律师已经在里面等着他。律师坐在床上，埋头深思，身上没穿燕尾服（忘在审判室的靠背椅上了——那天很热，一整天都令人沮丧）。囚犯刚被带进来，他迫不及待立即跳起来。可是辛辛纳特斯心情不佳，不想谈话。尽管这样一来，他就必须独自待在这间囚室里，囚室还有窥孔，就像小船上的一个漏洞——他并不在乎，坚持要求不受打扰，于是他们向他鞠躬后，便离开了。

至此，我们的故事似乎快结束了。我们看小说看得高兴的时候，往往会轻轻地摸一摸右手边尚未读完的部分，机械地测定是否还剩很多（如果我们的手指头感受到实实在在的厚度，心里总是很高兴），可是现在剩下的部分无缘无故地突然变得很薄了：快点看几分钟就完了，已经在收尾了——噢，真是糟透了！原来我们觉得有一大堆黑中泛红的光洁樱桃，现在突然变成稀稀落落的几颗：那颗带伤痕的已经有点烂了，这颗已经枯干，剩下皮包核了（最后一颗必定是又生又硬），噢，真是糟透了！辛辛纳特斯脱下丝质外套，穿上晨衣，跺了跺脚，让它们不再颤抖，开始在囚室里来回踱步。桌上一张干净的白纸闪着光，白纸上轮廓鲜明地摆着一支削得很漂亮的铅笔，除辛辛纳特斯之外，它和任何人的生命一样长，六面都闪着乌木的光泽。它是食指的一个文明后裔。辛辛纳特斯写道："尽管落到这步田地，相对而言，我还活着。毕竟我早有预感，对这种结局早有预感。"罗迪恩站在门外，像个船长似的，透过窥孔严肃认真地窥视着。辛辛纳特斯觉得后脑勺凉飕飕的。他把自己写下的文字划掉，开始轻轻地涂黑；一个尚未成形的构思渐渐有了形状，卷曲成一个羊角状。噢，真是糟透了！罗迪恩透过蓝色的舷窗凝视着时升时降的地平线。是谁晕船了？是辛辛纳特斯。他突然全身冒汗，一切全都变黑，他能感觉到每一根毛发的微小发根的存在。时钟敲响了——四下或五下——其震动和再震动和回响和一座监狱都很相称。一只蜘蛛——囚犯的正式朋友——用脚顺着一根蛛丝从天花板上爬下来。但是没有人叩墙，因为偌大的监狱里迄今只关押着辛辛纳特斯一个囚犯！

过了一阵子，狱卒罗迪恩进来请他共同跳一曲华尔兹。辛辛纳特斯表示同意。他们开始旋转起来。罗迪恩皮带上的钥匙串丁当作响；他身上散发出汗臭、烟味和大蒜气味；他哼着曲子，口鼻气息不断喷进红色的胡须；生锈的关节嘎吱作响（他已风光不再，天啊——现在他胖了，气短）。他们从囚室里跳到了走廊上。辛辛纳特斯比他的舞伴矮小许多。辛辛纳特斯像叶子一样轻飘。跳华尔兹产生的风，吹得他稀疏的长胡子末端抖动不止，他那清澈的大眼睛斜视着，胆怯的舞者都这样。作为一个成年男人，他的确很矮小。马思常常抱怨，他的鞋她穿起来觉得太小。走廊拐弯处站立着另一名卫兵，不知其名，身佩来复枪，戴一个像狗一样的面具，口鼻部蒙一层薄纱。他们在他身边转了一圈，一路跳回囚室。令人心醉神迷的拥抱如此短暂，辛辛纳特斯觉得些许遗憾。

乏味而沉闷的钟声又敲响了。时间以算术递增方式向前行进：现在是八点钟。夕阳照在难看的小窗上，边墙上出现了一个火焰般的平行四边形。囚室里充满了黄昏的各种色彩，直至天花板，其中包含一些十分奇特的色素。于是人们不禁产生疑问，是哪位马虎的色彩画家在门的右边作画的缘故呢，或是由于业已不复存在的另一扇装饰华丽的窗户造成的呢？（实际上是挂在墙上的一张羊皮纸，分两栏详尽地写着“囚犯守则”；折一个角，标题用红字，小花饰，该市的古老印章——即两侧突出的火炉——为黄昏的丰富色彩提供了必要的材料。）囚室的配额家具是一张桌子、一把椅子和床。锌盘里的晚餐（判处死刑的犯人有权享用与狱卒相同的伙食）放在桌上很久，早已凉了。天黑下来了。突然间，高度集中的金色电灯光照亮了囚室。

辛辛纳特斯把双脚从床上放下来，顿时觉得像有一只保龄球在脑袋里滚动，从后颈沿对角线滚到太阳穴，稍停又滚回去。就在这时，门开了，监狱长走进来。

他同往常一样，穿着礼服大衣，笔直站立，挺胸，一只手插在胸前衣襟内，另一只手放在背后。他头戴精美乌黑的假发，涂蜡且分缝。一张极为冷酷无情的脸，深灰黄的双颊，略显过时的皱纹体系，惟有那两只突出的眼睛，在某种意义上让它露出一点生机。他平稳地迈动穿着柱状裤的双腿，从墙边大步走到桌旁，几乎到了床前——尽管有着威严的稳健，但他还是平静地消失得无影无踪。然而，几分钟后，门又开了，这一次还是那熟悉的刺耳声。他照样穿着礼服大衣，挺着胸膛，进来的还是同一个人。

“从可靠的消息来源获知，你的命运似乎已经确定，”他开始用圆润的男低音说话，“我有责任，亲爱的先生……”

辛辛纳特斯说：“好。你。真。”（词序有待调整。）

“你真好，”另一位辛辛纳特斯清了清嗓子说。

“解脱了，”监狱长高声喊道，也不理会这个词用得不够得体。“解脱了！啥也别想。责任。我总是如此。但我想冒昧问一句，你为什么不吃饭呢？”

监狱长把盖子打开，拿起那碗已经凝固的炖品，放在自己敏感的鼻子下闻。他用两个手指头夹起一块土豆，开始使劲地咬，眼睛又盯上另一只盘子里的什么东西了。

“我真不明白你还要什么更好的食物，”他不高兴地说，扔下手铐，在桌旁坐下来，以便更舒服地享用大米布丁。

辛辛纳特斯说：“我想知道是不是还有很长时间。”

“酒香蛋黄羹好吃极了！想知道是不是还有很长时间。我自己都不知道。我总是到最后一刻才接到通知。为此我多次提过意见，如果你感兴趣，我可以把有关这一问题的所有往来信函拿给你看。”

“那么就是明天早上啦？”辛辛纳特斯问。

“如果你想知道的话，”监狱长说，“……是的，味道太好了，真叫人心满意足，这就是我要告诉你的。好吧，为了能更好理解，允许我请你抽支烟。不要害怕，至多也只是倒数第二支，”他风趣地补充说。

“我不是出于好奇才问的，”辛辛纳特斯说，“胆小鬼总是喜欢问这问那，此话不假。但是我可以向你保证……即使我不能控制自己的恐惧等情绪——那也不能说明我胆小。马发抖不应由骑士负责。我之所以想知道，理由是：死刑判决的补偿应该是让囚犯明确知道处决的准确时刻。虽说是奢求，但却是应得的。然而，我对自己的死期却浑然不知，这只有自由自在活着的人才能容忍。除此之外，我脑子里还有许多已经开始而在不同时间被打断的计划……如果我在被处决之前所剩的时间不足以有条不紊地完成这些计划，我压根儿就不应该着手去做。这就是为什么……”

“噢，别再咕哝了，”监狱长恼怒地说。“首先，这违反规矩；其次——我现在就用简单的俄语告诉你，而且是第二次告诉你——我不知道。我所能告诉你的是命运之友随时可能到来；待他确实来了，休息过了，对这里的环境适应了，他还得试试刑具，当然，这是假设他自己没有带刑具来，而这种情况是完全可能发生的。烟劲如何？不会太浓吧？”

“不会，”辛辛纳特斯心不在焉地看了一下自己的香烟答道。“可是我认为，根据法律……你未必知道，但是市长……应该……”

“我们已经聊过了，这就行了，”监狱长说。“其实我到这里并不是来听取意见的，而是……”他眨巴着眼睛，先在一只口袋里乱摸，然后又摸另一只，最后从胸部内口袋里掏出一张带横格的纸，明显是从学校里用的笔记本上撕下来的。

“这里没有烟灰缸，”他手持香烟做了个姿势说；“咱们就把它掐灭在剩下的这一点沙司里吧……就这样。我看这灯光有点太强烈。也许如果我们……噢，没关系，凑合着用吧。”

他打开那张纸，没有戴上他的角质架眼镜，而是把眼镜放在眼前，开始清晰地读起来：

“‘囚犯！在这庄严的时刻，当所有人的眼睛’……我认为我们最好还是起立，”他关切地打断了自己的话，从靠背椅上站了起来。辛辛纳特斯也站起来。

“‘囚犯，在这庄严的时刻，当所有人的眼睛都注视着你，你的法官们兴高采烈，在你正为断头后立即出现的无意识身体动作做准备时，我有一句告别的话要对你说。我的使命是——

我永远不会忘记——在法律许可的范围内为你在监狱逗留期间提供一切可能的舒适。因此，如果你有什么感激之情要表达，最好以书面形式写在这张纸的一面上，我很乐于给予最大的关注和重视。'”

“好吧，”监狱长说，把眼镜折起来。“公事办完了。我就不占用你更多时间了。如果你需要什么东西，随时告诉我。”

他在桌旁坐下来，开始迅速地写着什么，以此表示正式接见业已结束。辛辛纳特斯走出囚室。

走廊墙上投下罗迪恩打盹的影子，人影趴在一张凳子的影子上，只露出一抹略带红色的胡子的轮廓。更远处的墙壁拐弯处，另一名卫兵已经摘下统一标准的面具，正在用衣袖擦脸。辛辛纳特斯开始沿着台阶往下走。石台阶又窄又滑，螺旋式扶手像幽灵一般摸不着。到了底下，他又沿着走廊继续往前走。有一扇门敞开着，上面的“办公室”标牌如同镜中的反转字。墨水池上月光闪烁，桌下的废纸篓里碰撞声窸窣声大作：一定是有只老鼠掉进去了。辛辛纳特斯又穿过许多道门，时而绊一下，时而跳一下，来到一个小院子里，院中到处是破碎的小片月光。今天晚上的口令是沉默，大门口的士兵用沉默回应辛辛纳特斯的沉默，让他走过去，另外几扇大门他也同样顺利通过。离开薄雾笼罩的监狱之后，他开始顺着陡坡上带有露珠的草皮往下滑，踩上悬崖间的一条灰色小路，两次、三次穿过大路的弯曲部分——大路终于脱离了要塞的最后阴影，显得更加笔直畅通——辛辛纳特斯走过一条干涸小河上的一座桥，到了城里。他爬到一个陡坡顶上，在花园街上向左拐，迅速经过开着浅灰色花朵的灌木林。什么地方有一扇窗户闪烁着灯光。一道篱笆后面有一条狗抖动铁链，但没有吠。微风一个劲地吹，逃亡者裸露的脖颈凉了下来。一阵阵香气不时从塔玛拉公园飘过来。他是多么熟悉那座公园呀！马思还是新娘的时候，曾在那里受到青蛙和金龟的惊吓……每当生活无法忍受的时候，人们可以到那里去漫步，嘴里嚼着丁香花朵，眼里噙着萤火虫般的泪水……那座有绿色草皮覆盖的美洲落叶松公园，园中柔情的池塘，远处乐队的当当声……他在马特法特街上拐弯，经过一家古老工厂的废墟，它曾是这座城镇的骄傲，经过飒飒作响的椴树林，经过电报局雇员欢乐的白色小屋（他们不断地在为某一个人庆祝生日）来到了电报街上。那里有一条狭窄的小路通向山顶，椴树林又开始沙沙低语。一座公园里，有两个男人，可能是坐在凳子上，正在昏暗处悄悄地谈话。“我看是他错了，”其中一个说。另一个作了很不明智的回答，两人同时发出一声叹息，很自然地与树叶的沙沙声混合在一起。辛辛纳特斯跑到了一个圆形广场上，月光照在人们熟悉的诗人雕像上，看上去像个雪人——四方脑袋，双腿并拢，又急促地跑了几步以后，已经来到了自己的街道上。右边，月光把迥异的枝叶图案投在了相似的房屋墙壁上，因此，辛辛纳特斯只能凭房屋阴影的形状和两扇窗户之间的交叉闩，才认出了自家的房屋。马思住的顶楼窗户没有灯光，但敞开着。孩子们一定是在鹰钩鼻式的阳台上睡着了——那边有一点什么白色的东西。辛辛纳特斯跑上屋前的台阶，把门推开，走进了他那间点着灯的囚室。他转过身，但是自己已经被锁在里面了。噢，真是糟透了！铅笔在桌上闪光。蜘蛛趴在黄色的墙壁上。

“把灯关上！”辛辛纳特斯喊道。

透过窥孔窥视的狱卒把灯关了。黑暗和静寂开始交织在一起，可是时钟却来打扰，它敲了十一下，稍一思索，又敲了一下。辛辛纳特斯仰卧在床，凝视着眼前的黑暗，散布在其中的亮点逐渐消失。黑暗和静寂完全融为一体。此时，也只有到了此时（也就是说，过了我简直无法形容的极为可怕的一天之后，仰卧在囚室小床上，半夜过后），辛辛纳特斯·C才对自己的处境有了明确的评价。

首先，在夜间眼睑下侧那黑色天鹅绒的背景下，出现了马思的脸，像是在纪念品盒里。像洋娃娃一样红润，孩子般突出的前额闪闪发亮；在她淡褐色的圆眼睛上方，稀疏的眉毛向上斜。她开始眨眼，转头，光滑细腻雪白柔软的脖子上系一条黑色丝绒带，天鹅绒连衣裙的下摆呈喇叭形展开，与黑暗融为一体。他在听众中看到的她就是这个样子，当时他被带到刚上过油漆的被告席旁，他不敢坐，而是站在一旁（但他的双手还是沾上了翠绿色的油漆，报社记者们以强烈的兴趣拍下了他留在板凳后面的手指印记）。他能看到他们紧绷的前额，看到纨绔子弟们穿着俗丽的窄裤，看到时髦女性的小镜子和彩虹色围巾，但是他们的面孔全都模糊不清——在所有的旁听者中，他只记住杏眼的马思一人。辩护律师和公诉人都化过妆，看上去彼此很相像（法律要求他们必须是同父异母兄弟，但这样的人并非总能找到，于是只好化妆），他们以行家里手的速度说完各自的五千个单词。他们轮番发言，法官为了跟上轮换节奏，脑袋只好不断偏过来歪过去，其他所有人的脑袋也跟他一样。只有马思半侧着头，像个充满惊奇的孩子般一动不动地坐着，目光凝聚在辛辛纳特斯身上，当时他正站在闪亮的绿色专用板凳旁边。辩护律师是传统斩首法的倡导者，轻而易举地说服了富于创造力的公诉人，接着，法官对案件做了总结。

在这些讲话的片断中，夹杂着“半透明”和“不透明”一类的词汇，它们像泡泡一样形成、爆裂，此时还在辛辛纳特斯耳中轰响，血液的奔涌化成了掌声，马思那张犹如置于纪念品盒中的脸还留在他的视野里，直至受到法官的干扰才逐渐淡去。法官走过来，紧贴在他身边，他甚至能看清他黝黑的大鼻子上放大的毛孔，鼻尖上有一个毛孔长出一根孤零零的长毛。法官用伤感的低音宣布：“承蒙听众恩准，我们将给你戴上红色高顶大礼帽。”——这是法庭设计的一个象征性词语，其意义连小学生都明白。

“可我是被煞费苦心塑造出来的一个人，”辛辛纳特斯在黑暗中哭泣时这样想。“我的脊椎曲率被计算得十分精确，非常神秘。我觉得自己的腿肚还很结实，在我的一生中还能跑很多里程。我的脑袋非常舒服……”

钟敲了一下半点，但不知道是几点钟的半点。

二

罗迪恩给他端来一杯温热的巧克力饮料，同时送来两份报纸：地方报《早安，各位》和比较严肃的日报《民众之声》，照样登有许多彩色照片。在第一张报纸上，他看到了自家房子的正面照：孩子们从阳台上往外看，他的岳父从厨房窗户往外看，一名摄影师从马思的窗户往外看。第二张报纸刊登的是从马思的窗户可以看到的熟悉景物：花园、苹果树、敞开的大门、给房子拍正面照的那位摄影师。此外，他还发现有两张他自己的快照，表现出他年轻时很温顺。

辛辛纳特斯是一个不知名的流浪者的儿子，童年是在斯特罗普河彼岸的一家大型慈善机构里度过的（二十几岁才与塞西莉亚·C邂逅，当时她才十几岁，个子矮小，样子很年轻，喜欢唧唧喳喳。有一天晚上，在池塘群旁，她理解了他的意思）。由于一次奇特的偶然机会理解了自己的危险，辛辛纳特斯从小就学会小心翼翼地隐藏自己的某种怪癖。别人的目光看不透他，因此当他失去警觉时，便给人一种怪诞的印象，在人们的灵魂彼此透明的世界上，他就像一个孤零零的黑色障碍物。但是他学会了假装半透明，从某种程度上说是运用了一种复杂的光学幻觉系统——但是他在操纵变换自己的灵魂所用的各个照明巧妙的面和角度时，只要一忘乎所以，自我控制出现瞬间松懈，就会立即引起人们的惊慌。他的同龄伙伴和他玩到兴头上时，会突然离他而去，他们仿佛感觉到，他清澈的目光和青色的双鬓都是狡猾的欺骗，辛辛纳特斯实际上是不透明的。有时候，老师在课堂上会突然静默下来，把眼睛周围的所有皮肤骤然收拢，盯视他好一阵子，最后说："你怎么啦，辛辛纳特斯？"这时他会重新控制自己，把自我紧紧抱在怀里，转移到安全的地方。

随着时间的流逝，安全的地方变得更少了：任何场所都有众目睽睽的注视，囚室门上的窥孔，更是让门外的窥视者一览无余。因此，辛辛纳特斯没有把五颜六色的报纸揉成团，也没有把它们扔掉，但是他潜意识中的自我已经这样做了（潜意识中的自我，无论你、我、他，人皆有之——在那一刻做我们喜欢做的，但却不能……）。辛辛纳特斯很平静地把报纸放在一边，喝完了巧克力饮料。原来覆盖在巧克力上的棕色表层物，现在变成皱缩的浮渣，粘在他的嘴唇上。接着，辛辛纳特斯穿上黑色的晨衣（穿在他身上显得太长）和带绒球的拖鞋，戴上黑色的无檐便帽，开始在囚室里来回走动，自从被囚禁的第一天起，他都这样做。

童年在郊区的草地上。孩子们玩球、玩坛子、玩盲蛛、玩跳背游戏、玩浆果、玩袋子。辛辛纳特斯轻巧敏捷，但是他们不喜欢和他一起玩。冬天，城里的斜坡覆盖上一层光滑的雪，坐在所谓“玻璃般的”萨布罗夫雪橇上从坡顶飞驰而下，趣味盎然。滑完雪橇回家时，天黑得很快……天上有令人赞叹的星星、思想和哀愁，地上是愚昧的无知。在严寒具有金属特性的黑暗中，食品橱窗闪烁着琥珀色和绯红色的光芒。穿着丝连衣裙外面又套上狐狸裘的妇女，穿过街道，从一幢屋子到另一幢屋子。电动“四轮游览轻便车”沿着雪粉飞扬的轨道疾驶而去，一时卷起发出冷光的大风雪。

有人小声说：“阿卡迪·伊里奇，你看看辛辛纳特斯……”

他对通风报信人并不生气，可是这种人成倍增加，待他们老练后，就变得可怕起来。在他们眼里，辛辛纳特斯似乎很黑，好像他是从黑夜中裁割下来的一块。不透明的辛辛纳特斯把身子转过来转过去，试图接住光线，极为急切地想以半透明的姿态出现。他周围的人单凭第一个字就能相互理解，因为他们所用的字眼都不会有意料不到的结尾，也许是某一个古字，变成一只飞鸟或一个弹弓，产生奇妙的结果。他小时候，他们常带他去第二大街那座枯燥乏味的小博物馆，后来他自己也去。那里收藏着稀有、奇特的东西，但是除了辛辛纳特斯以外，所有的城里人都认为展品有限而且透明，就像他们彼此之间的相互看法一样。没有名字的东西是不存在的。很遗憾，万物皆有名称。

“无名的存在，无形的物质，”门开着的时候，辛辛纳特斯望着被门遮住的墙读道。

“不断参加命名日庆典的人，你们只能……”这些文字写在另一个地方。

继续往左，字写得有力而且漂亮，没有一行多余的话：“注意，他们对你说话的时候……”后面的字被擦掉了。

在它旁边，有小孩子的笨拙字体：“我要罚这些写字人的款，”署名是“监狱长”。

你还可以辨认出另一行字，古老而令人困惑的一行字：“趁我还活着的时候对我进行量度——晚了就来不及了。”

“无论如何，我已经被量度过了，”辛辛纳特斯说，重新开始走动起来，并用指关节轻叩墙壁。“可我多么不想死啊！我的灵魂已经躲藏在枕头底下。噢，我不想死！离开我温暖的身体会很冷的。我不想……等一等……让我多打一会儿盹。”

十二岁，十三岁，十四岁。辛辛纳特斯十五岁那年去一家玩具厂工作，他是因为个子矮被指派到那里去的。晚上，他在水上流动图书馆里，在懒洋洋的迷人微浪拍打声中，尽情地阅读古书。这座水上流动图书馆是为纪念西尼奥科夫博士而建造的，馆址选在他当年在城河里溺死的地方。铁链的嘎吱声，小走廊上的橘色灯影，水的拍击声，光滑的水面像被月光涂上一层油。远处，在一座高高的桥的黑网中，灯光闪烁而过。可是后来，这些宝贵的图书开始受潮，最后不得不排干河水，通过一条特别挖掘的运河，把水全部引到斯特罗普河去。

在玩具厂里，他有很长一段时间尽力干各种复杂的琐事，做女生玩的布娃娃。小玩偶中有毛茸茸的普希金在毛皮武装的商船上，有老鼠般的果戈理穿着火红色的西装背心，有胖鼻子、穿农民罩衫的老托尔斯泰，还有许多别的人物，如戴着无镜片眼镜、纽扣全部扣上的杜勃罗留波夫。人为形成对神秘的十九世纪的喜好之后，辛辛纳特斯准备全力以赴投入古人的迷雾之中，从中找到一个虚妄的避难所，但有别的东西扰乱了他的心。

马思也在那家小工厂里工作。她那湿润的嘴唇半开着，正把一根线对准针眼。“嗨，辛辛纳蒂克！”于是令人销魂的漫步在很大很大的塔玛拉公园里开始了（公园如此之大，他们在缠绵入神之际，远处的群山变得朦胧起来）。没有任何缘由，柳树林哭泣了，化为三条小溪，三条小溪形成三个瀑布，每个瀑布都带着自己的小彩虹一头栽进湖里，湖中有一只天鹅与自己的倒影挽臂而游。平坦的草坪，杜鹃花、橡树林，穿绿色长统靴的快乐园丁，整天像在捉迷藏似的忙个不停，洞室，颇具田园风味的长凳，三个爱逗趣的人在长凳上留下整齐的三小堆东西（这是个恶作剧——它们是用漆成棕色的马口铁做成的仿制品），幼鹿跳到大路上来，就在你的眼前化为抖动的阳光光斑——当时的公园景色如此美丽！还有马思口齿不清的绵绵细语，她的白色长袜和丝绒拖鞋，漂亮的酥胸和带有野草莓气味的醉人之吻。要是在这里能看得见该有多好——起码是树梢，起码是远处的山脉……辛辛纳特斯稍微紧了一下晨衣。辛辛纳特斯移动桌子，开始把它往后拉，桌子发出愤怒的尖叫：它颤动着，极不情愿地被拖过石头地面！当他朝着窗户后退时（也就是朝着墙壁后退，在高高的墙上有一个倾斜的洞，算是窗户），桌子的颤抖传到辛辛纳特斯的手指上和辛辛纳特斯的硬腭上。一把汤匙丁当落地，杯子开始跳动，铅笔开始滚动，一本书开始滑到另一本书上去。辛辛纳特斯把不听话的椅子搬到桌上。最后他自己也爬了上去。可是，他当然什么也看不到，只有炎热的天空和几根向后梳的稀疏白色毛发——那是无法容忍蓝色的残余云朵。辛辛纳特斯只能勉强够得着铁条，铁条外面是窗洞，窗洞尽头处是更多的铁条，铁条的影子映在石头斜面掉了皮的墙壁上。窗洞的一边写着一些字，字体和他以前看到过的那些被擦掉一半的句子一样整齐，但带有鄙视色彩："你什么也看不到。我也试过的。"

辛辛纳特斯踮起脚跟站立，用他那双小手抓住铁条，因为使劲，手都变白了。他的半边脸布满了阳光格子，左侧的黄色胡须闪耀着光芒，两只镜子般的瞳仁中各有一个小小的金色笼子，而在底下，他的脚后跟因踮起而离开了太大的拖鞋后部。

"再踮高一点，你就要掉下来了，"罗迪恩说，他已经在旁边站了足足半分钟，此时正紧紧抓住不断摇晃的椅子。"没事，没事，现在你可以爬下来了。"

罗迪恩有一双矢车菊般的蓝色眼睛，和往常一样，他的红胡子很漂亮。这副迷人的俄罗斯式尊容正仰望着辛辛纳特斯。辛辛纳特斯裸露的脚跟踩在他脸上——应该说是他的影子踩在了他脸上，而辛辛纳特斯本人已经从椅子上降到桌子上了。罗迪恩像抱婴儿一样，小心地把他抱下来。接着，他把桌子重新拖回它原来的地方，桌子发出小提琴般的声音。他坐在桌边上，一只脚悬空摆动，另一只脚拖在地板上，模仿小酒馆里哼唱歌剧小调的浪荡子那种轻松活泼的姿态，辛辛纳特斯则扯了一下晨衣腰带，强忍着不哭出来。

罗迪恩用男低中音哼唱着，眼珠子直打转，手里挥舞着空杯子。马思以前也曾经唱过这首有劲的歌。泪水从辛辛纳特斯的眼中涌出。唱到一个高潮音符上，罗迪恩把杯子重重地摔碎在地板上，人也从桌子上滑了下来。尽管他是独自一个人唱，但听起来倒像是合唱。突然，他举起双臂，走出去了。

辛辛纳特斯坐在地上，透过泪水往上瞧，铁条的影子已经移动了位置。他试图——第一百次——移动桌子，可是天啊，桌腿早已被固定在地面上。他吃了一个压制过的无花果，重新开始在囚室里走动起来。

十九岁，二十岁，二十一岁。二十二岁时他转到一家幼儿园，在F班当教师。就在这时，他和马思结了婚。他刚一开始新的工作（照看跛脚、驼背或斜视的好动小孩子），就有一位重要人物对他提出了二级控诉。对方以小心猜测的形式，暗示他有初步违法行为。城市元老们把这份备忘录，连同过去他那些更富洞察力的同事们一再提出的旧指控，一起进行审理。教育委员会主席和一些其他官员轮流和他锁在一起，对他进行法律所规定的各种试验。连续好几天不允许他睡觉，他被强迫不间断地进行毫无意义的快速闲谈，直至他几乎神志失常。他还被迫给各种不同的东西和自然现象写信，表演日常生活场景，模仿各种动物、各种职业和各种疾病。所有这一切他都完成了，通过了，因为他年轻，善于随机应变，充满活力，渴望生存下去，能和马思共同生活一阵子。他们很不情愿地把他放了，还允许他继续照看类别最低的孩子，这些孩子是可以被牺牲的，他们这样做是为了想看看之后的结果。他把孩子编成对子，带他们出去散步，他则转动一只样子像咖啡研磨机的小型手提八音盒的把柄。假日里，他和孩子们一起在操场上荡秋千——向上荡时，整群孩子一动不动，屏住呼吸，下荡时则发出尖叫。他还教其中的几个孩子识字。

与此同时，马思从结婚头一年起就开始背叛他，不分场合随便与他人滥交。通常情况下，辛辛纳特斯回家时，她似笑非笑的表情令人生厌，丰满的下巴抵在颈部，仿佛是在责备自己，然后抬起诚实的淡褐色双眼，轻柔地低声说："今天小马思又干了那种事。"此时，他会盯着她看几秒钟，像女人一样把手掌贴在脸颊上，接着是无声地哭泣，穿过满是她的亲属的所有房间，把自己锁在浴室里，在里面使劲跺脚，打开水龙头，咳嗽，以掩盖自己哭泣的声音。有时，她会自我辩解，向他解释道："你知道，我是个很善良的人：这是微不足道的一件小事，却能给男人带来那么大的宽慰。"

她很快就怀孕了，但孩子不是他的。她生下一个男孩，马上又怀孕——又不是他的——生了个女孩。男孩跛脚，脾气极坏，女孩愚钝，太胖，几乎眼盲。两个孩子因为有这些严重缺陷，结果都进了他任教的幼儿园。看到灵巧、光洁、快活的马思带着一个跛子和一个胖子回家，给人以古怪的感觉。辛辛纳特斯逐渐完全失去了警觉，有一天，在城市公园的一次露天集会上，突然出现了一阵惊慌，有人高声喊道："市民们，我们中间出现了一个——"接下去是一个陌生、近乎被遗忘的词。风飕飕地吹过槐树林，辛辛纳特斯没有办法，只好站起来，走开，沿途心不在焉地摘下小路旁的灌木叶子。十天后，他被捕了。

"明天，可能，"辛辛纳特斯在囚室里缓慢走动时自言自语道。"明天，可能，"辛辛纳特斯说着坐在了床上，用手掌揉自己的前额。落日的余晖重复着早已熟悉的效果。"明天，可能，"辛辛纳特斯叹气说。"今天太安静了，到了明天，明亮的早晨……"

一时间，一切归于静寂——尽头处放着装水的瓦罐，天下所有囚犯都用它喝水；互相勾肩搭背的墙壁，宛如四个人凑在一起用听不到的私语讨论一个重大秘密；光洁柔软的蜘蛛，有点像马思；桌上有一些黑色的大本书……

"天大的误解，"辛辛纳特斯说完突然爆发出一阵狂笑。他站起身，脱掉晨衣、无檐便帽、拖鞋。他脱掉亚麻裤和衬衫。他摘下脑袋，就像摘掉假发一样；摘下锁骨，就像摘下肩章；

摘下胸廓，就像摘下颈肩铠甲；他卸下屁股和双腿，他卸下双臂，就像脱掉手套，把它们扔到一个角落里。他剩下的部分逐渐消融，几乎没有给空气染上什么颜色。起初，辛辛纳特斯简直是沉醉在孤傲冷漠之中；接着，他完全沉浸在自己神秘的媒质中，开始自由地、幸福地……

铁门闩拉响，如同晴天霹雳，辛辛纳特斯立即重新长出卸掉的全部零部件，包括无檐便帽。狱卒罗迪恩用一只圆篮子送来十二个黄色的李子，篮子周围用葡萄叶装饰，这是监狱长的妻子送的一份礼物。

辛辛纳特斯，你的犯罪练习已经使你恢复了活力。

三

走廊里末日般的嘈杂声越来越大，吵醒了辛辛纳特斯。

尽管他在前天就已经为这样被吵醒做好了准备，但他还是无法控制自己的呼吸和心跳。他把晨衣折起贴在胸口，不让他的心看见——安静，没什么（就像令人难以置信的灾难临头之际，大人对孩子说的话）——辛辛纳特斯遮住他的心，稍微仰起身，仔细听着。有许多人拖着脚走路的声音，声音大小各不相同；声音的低沉程度也不一样；有一个声音提出一个问题，另一个较近的声音作出回答。有人匆忙从远处呼啸而至，开始像在滑冰一样滑过石头地面。在混乱不堪的嘈杂声中，监狱长用男低音说出几个词，虽然听不清，但肯定很重要。最可怕的是，这一切喧闹全都被一个孩子的声音穿透——监狱长有个小女儿。辛辛纳特斯辨认出他的律师哀鸣般的男高音和罗迪恩含糊不清的话音……又有一个奔跑着的人咆哮般地问了一个问题，有人咆哮般地作了回答。喘气声，噼啪声，连续清脆的撞击声，像是有人用一根棍子在一条长凳底下探寻什么。“还是找不到吗？”监狱长问话的声音很清晰。有脚步声跑过去。又有脚步声跑过去。跑过去又跑回来了。辛辛纳特斯再也忍不住了。他把双脚垂到地上：他们毕竟尚未让他与马思见面……我应该开始穿衣服呢，还是等他们来替我穿？噢，把它了结掉吧，进来……

然而，他们又继续折磨了他两分钟左右。门突然打开，他的律师飞快悄然而入。

他头发很乱，大汗淋漓。他一边拨弄着左衣袖，一边用眼睛四处寻找。

“我丢了一只衬衫袖口链扣，”他大声喊叫，像狗一样直喘粗气，“一定是……挂到了什么……当我和可爱的小埃米在一起的时候……她总是那么淘气……燕尾……我每次顺道去看她……问题是我听到了什么声音……可是我没在意……嗯，链扣一定是……我很喜欢的……哎，现在太迟了……也许我还可以……我给全体卫兵许了诺的……太可惜了，但是……”

“愚蠢、粗心的错误，”辛辛纳特斯不动声色地说，“我虚惊一场。这种事对心脏不利。”

“噢，谢谢你，别在意，没什么，”律师心不在焉地低声说。他的眼睛把囚室的所有角落仔细寻了个遍。看得出，丢了这样一件东西他很难过。这东西很宝贵。丢了这件东西他很难过。

辛辛纳特斯轻轻哼了一声，回到床上。另一个人在床脚坐下来。

“我要来看你的时候，”律师说，“本来心情很好，很高兴的……可是现在这件小事坏了我的情绪——然而这毕竟是一件小事，我相信你会赞同这个看法的。还有比这更重要的事情。对了，你的感觉如何？”

“想跟你秘密交谈一次，”辛辛纳特斯闭着眼睛答道。“我想把自己得出的一些结论告诉你。把我包围起来的是某种讨厌的幽灵，而不是人。它们千方百计地折磨我：各种毫无意义的幻觉，做噩梦，说胡话，在噩梦中说蠢话，在这里能冒充真实生命的一切东西。从理论上讲，人希望醒来。但是没有外界的帮助，我无法醒过来，然而我又很害怕这种帮助。我的灵魂已经变懒了，而且已经习惯了裹得很紧的衣服。在包围我的所有幽灵中，你罗曼·维萨里奥诺维奇可能是最讨厌的，但是另一方面——从我们之间的虚拟关系中你所处的逻辑地位来看——在某种意义上，你是顾问，是辩护人……”

“我是为你效劳的，”律师说，看到辛辛纳特斯终于健谈起来，心中窃喜。

“我想要问你的是：他们有什么理由拒绝告诉我准确的处决日期？你等一等，我的话还没有讲完。那个所谓的监狱长不作正面回答，还提及一个事实——你等一等！首先，我想知道，谁有权确定这个日期。其次，我想知道，怎样才能让那个机构或个人或一群人有点理智……”

刚才还迫不及待想说话的律师，现在出于某种原因倒沉默了。他化过妆的脸、深蓝色的眉毛和长长的兔唇，看不出有什么特别的思想活动。

“别再想你的衣袖了，”辛辛纳特斯说，“集中注意力。”

罗曼·维萨里奥诺维奇笨拙地改变了一下自己的体位，把静不下来的十指紧紧绞在一起。他用悲哀的声音说：“正是因为那种心境……”

“我就要被处决，”辛辛纳特斯说，“这我知道。你接着说。”

“咱们换个话题，我求你了，”罗曼·维萨里奥诺维奇喊道。“难道你现在就不能在法律许可的范围内说话吗？这真是糟透了，叫我无法忍受。我顺便来看你，只是想问问你有什么合法的要求……例如，”（说到这里他容光焕发）“也许你想得到庭审发言的打印副本？如果有这种要求，你就必须立即递交必要的申请，你我现在就可以着手准备，详细说明需要多少份发言副本，做什么用。恰好我有一小时闲空——噢，来吧，咱们动手干吧！我连专用的信封都带来了。”

“仅是出于好奇……”辛辛纳特斯说，“但是首先……那么，真的没有机会得到答案了吗？”

“一只专用信封，”律师重复道，想诱他。

“好吧，那就拿来吧，”辛辛纳特斯说着，顺手把鼓鼓的厚信封撕成起皱的碎片。

“你不应该这样做，”律师说着，眼泪都快掉下来了。“你绝对不应该这样做。你甚至没有认识到自己干了什么。里面装的也许是一份赦免书，再去要一份是不可能的！”

辛辛纳特斯捡起一把碎片，试图重新拼接起来，哪怕是一个意义连贯的句子，但是一切都弄乱、变形、支离破碎了。

“你总是干这样的事，”律师嘀咕道，双手抱住太阳穴，踱步穿过囚室。“你的解救办法也许就握在你自己手里，可是你……真是糟透了！你说，我还有什么办法？现在一切都完了……本来我是多么高兴！我是多么细心地让你做好准备！”

“我可以进来吗？”监狱长用胀满的声音问。“该不会打扰你们吧？”

“请进，罗得里格·伊万诺维奇，请进，”律师说。“请进，亲爱的罗得里格·伊万诺维奇。只是这里的气氛不大愉快……”

“嗯，咱们这位在劫难逃的朋友今天感觉如何？”优雅、威严的监狱长俏皮地问，把辛辛纳特斯冰凉的小手紧紧抓在自己胖乎乎的紫色爪子里。“一切都好吗？没有什么疼痛吧？还在和我们这位不知疲倦的罗曼·维萨里奥诺维奇聊天？噢，我要顺便告诉你，亲爱的罗曼·维萨里奥诺维奇，我给你带来了好消息——我那顽皮的小女儿刚才在楼梯上找到了你的衣袖链扣。这是用法国黄金造的，对吗？非常非常精致。我通常是不说恭维话的，但是我不能不说……”

他们俩走到一个角落里，假装是在检查那件迷人的小装饰品，讨论其历史和价值，并对之赞叹不已。辛辛纳特斯利用这个机会从床底下提出指责，声音很高，气势汹汹，但最后又变得犹豫起来……

“对，式样的确漂亮极了，实在漂亮极了，”监狱长和律师一起从角落里走回来时，嘴里不断重复着这句话。“看来你感觉很好，年轻人，”他对辛辛纳特斯说的这句话毫无意义，当时辛辛纳特斯正要爬回床上去。“无论如何。你不应该孩子气。公众，还有作为公众代表的我们这些人，惟一关心的是你的福利——这一点现在应该是很清楚的。我们随时准备帮助你消除孤独感，让你的日子好过些。再过几天，一个新囚犯将要搬进我们的一间豪华囚室。你们将会互相认识，这能给你带来乐趣。”

“再过几天？”辛辛纳特斯问。“这么说我还有几天活头了？”

“你听他说，”监狱长咯咯笑起来，“应该让他知道全部实情。你看如何，罗曼·维萨里奥诺维奇？”

“噢，我的朋友，你说得太对了，”律师叹气道。

“对，先生，”监狱长接着说，把钥匙串摇得丁当响。“你应该更合作一些，先生。这段时间他一直很傲慢，愤怒，心怀恶意。昨天晚上我给他送来一些李子，你猜他怎么着？这位大人决定不吃，这位大人实在太骄傲。好吧，先生！刚才我说到有一位新囚犯要来，你可以尽情和他聊个够。没有必要这样闷闷不乐。我说得没错吧，罗曼·维萨里奥诺维奇？”

“你说得对，罗迪恩，你说得对，”律师表示赞同，脸上露出不自觉的微笑。

罗迪恩捋着胡子，继续说：“我为这位可怜的绅士感到非常难过——我进来一看，他正站在叠在桌上的椅子上，踮着脚用他那双小手要去抓窗户上的铁条，那模样就像一只病猴。天空很蓝，燕子在飞，云片高悬——天赐之福！神赐之恩！我像抱婴儿一样把这位绅士从桌上抱下来，我自己则声嘶力竭大声喊叫——没错，就是站在这里，我不断地喊叫……我真的快要崩溃了，我为他感到十分难过。”

“对了，我们把他送到楼上去，你看怎么样？”律师犹豫地建议。

“没问题，当然可以，”罗迪恩故意拖长声调说，显示出自己平静的仁慈。“我们随时可以这样做。”

“穿上你的晨衣，”罗曼·维萨里奥诺维奇说。

辛辛纳特斯说：“我服从你们，你们这些幽灵、豺狼、拙劣的仿品。我服从你们。但是，我要求——是的，要求，”（另一个辛辛纳特斯歇斯底里地跺脚，拖鞋都掉了）“你们告诉我，我还有多少时间可活……还有，是否允许我和妻子见面。”

“也许会允许，”罗曼·维萨里奥诺维奇和罗迪恩交换眼色后答道。“你就别再啰嗦了。好吧，咱们走。”

“请，”罗迪恩用肩膀推了一下没上锁的门说。

三个人一起走出去：走在前面的是罗迪恩，罗圈腿，褪色的旧马裤，臀部鼓起。律师跟在他后面，穿礼服大衣，赛璐珞衣领上有个污渍，脑后黑色假发下端有略带粉色的平纹细布饰边。在他后面，走在最后的是辛辛纳特斯，甩掉拖鞋，把晨衣裹得更紧了。

到了走廊拐弯处，另一位不知名的卫兵向他们敬礼。走廊上，暗淡的石青光区与黑暗区交替出现。他们继续不停地往前走。一个接一个的拐弯。有几次他们经过的墙上出现相同的潮湿图形，看上去像瘦骨嶙峋的马，挺可怕的。不时需要开灯，满布灰尘的灯泡从上面或旁边发出令人不快的黄光。有时灯泡烧坏了，他们只好在漆黑中拖着脚走。有一个地方，莫名其妙的阳光意外地从上面照射下来，在已受腐蚀的石板上洒开来，发出雾蒙蒙的光。监狱长的女儿埃米穿着明亮的方格连衣裙和方格短袜——完全是个孩子，但她那大理石般的小腿肚却像芭蕾舞小女演员的一样——正有节奏地对墙击球。她回过头，用一只手的第四和第五手指把一缕金黄色头发从脸颊上掠开，目送这支小小的队伍从自己身边走过。罗迪恩经过她身边时，把钥匙串摇得丁当响逗她玩。律师轻轻抚摸她发亮的头发，但是她的目光却盯着辛辛纳特斯，他对她露出恐惧的微笑。在过道的下一个转弯处，三个人都回头张望。埃米正凝视着他们，双手还在轻轻地拍打那只光滑红蓝相间的球，发出啪嗒啪嗒的声音。

他们又在黑暗中走了很久，到了尽头，那里有一只深红色的灯泡在一卷消防水带上方发光。罗迪恩打开一扇不高的铁门，进了铁门有石头阶梯陡峭盘旋而上。此时三人的顺序稍有改变：罗迪恩原地踏步，让律师和辛辛纳特斯先后通过，然后悄悄地走在队伍后面。

要爬上这陡峭的阶梯并非易事，黑暗的浓度随着他们的攀登逐渐淡化。他们爬的时间很长，出于无聊，辛辛纳特斯开始数阶梯的级数，一直数到三位数，可是这时他跌了一跤，把数目给忘了。明亮程度逐渐增强。辛辛纳特斯精疲力竭，像小孩爬楼梯一样，每次都用同一只脚开始。又拐了个弯，突然吹来一阵大风，夏季的天空耀眼地展现在眼前，燕子的鸣叫刺破长空。

他们三人来到了一座塔楼顶端的宽阔平台上，周围景色激动人心，因为不仅塔楼本身很大，而且整座要塞像个庞然大物，矗立在一个巨大的悬崖之巅，像是从悬崖上长出来的一个大家伙。下面，你可以看到几近垂直的葡萄园，一条浅黄色道路蜿蜒而下，直至干涸的河床；一个身着红装的小个子正在过凸面桥；跑在他前面的小不点儿很可能是一只狗。

远方，阳光灿烂的小镇像个面积巨大的半圆形：一排排平整的房子五颜六色，周围是构成弧形的树木，其他一些歪斜的房子顺坡而下排列，仿佛踩在自己的影子上。你还可以分辨出第一大街上穿行的车辆，大街末端泛出紫色微光，那是著名的喷泉在喷涌。更远处，雾蒙蒙山峦重叠，构成地平线，有斑斑点点的橡树林，不时可见水塘像一面面小镜子闪烁光芒，其他明亮的椭圆形水域在西部汇聚，透过柔和的薄雾焕发光彩，那里就是斯特罗普河的发源地。辛辛纳特斯一手贴在面颊上，纹丝不动，心中充满难以言表的模糊的但也可能是快乐的绝望，凝视着塔玛拉公园的微光和薄雾，凝视着公园背后鸽蓝色的温柔群山——啊，他注视良久，目光舍不得移开……

律师距他仅几步之遥，他用双肘靠在宽阔的石砌女儿墙上，墙顶居然长满了一种长势旺盛的蔬菜。他的背部沾了白垩。他忧心忡忡地仰望太空，左脚的漆革皮鞋搁在右脚皮鞋上，由于脸颊受到手指的挤压，下眼睑向外翻。罗迪恩不知从哪里找来一把扫帚，一声不吭地打扫平台上的石板。

“这一切多么令人迷恋啊，”辛辛纳特斯对着公园和群山说（由于某种原因，在风中重复“令人迷恋”这个词令人感到特别愉快，就像孩子捂上耳朵又突然松开，如此变换听觉世界为乐）。“令人迷恋啊！我从未见过那些山峦如此美丽，如此神秘。在山峦的某一重叠之处，在它们神秘的峡谷中，难道我就不能……不，我最好别去想它。”

他把平台走了个遍。平原地带朝北延伸，云影从平原上掠过，草地和粮田交替出现。在斯特罗普河的一个拐弯处以远，可以看到古老的机场和保存陈旧失修飞机的建筑物轮廓，机翼上锈迹斑驳。飞机假日里有时还在使用，主要是供残疾人娱乐。内容沉闷乏味。时间平静地在打瞌睡。传说城里有过一个人，是药剂师，据说他的曾祖父曾留下一份回忆录，描写商人们如何乘飞机去中国。

辛辛纳特斯绕平台走完一圈之后，又回到南边的女儿墙。他正在用眼睛尽情地进行非法远游。此时他认为自己辨认出了那特定的开花灌木丛，那只鸟，那条消失在常青藤树阴下的小路——

“到此为止吧，”监狱长和蔼地说，把扫帚扔到一个角落里，重新穿上礼服大衣。“回家去。”

“对，时间到了，”律师看了看表，附和着。

这支小小的队伍开始往回走。前头是监狱长罗得里格·伊万诺维奇，紧随其后的是律师罗曼·维萨里奥诺维奇，最后面是囚犯辛辛纳特斯，他吸了大量新鲜空气之后，不禁呵欠连连。监狱长的礼服大衣后面沾有白垩。

四

趁着罗迪恩送早餐的机会，她从他托着盘子的双手底下溜进了囚室。

“去，去，去，”他说着，把巧克力饮料摆放在桌子上。他用脚轻轻地把背后的门关上，冲着自己的胡须低声说：“这孩子真淘气……”

与此同时，埃米避开他躲了起来，蹲在桌子底下。

“看书，呃？”罗迪恩说，容光焕发，态度和蔼。“这样消遣有意义。”

辛辛纳特斯并没有从书页上抬起眼，就用抑扬格的声调表示了赞同，但是他的双眼已经不知道在看什么了。

罗迪恩完成了并不复杂的任务，用破布挥去在阳光光柱中舞动的尘埃，喂完蜘蛛，就离开了。

埃米仍然蹲着，但是紧张已经减少了一点，像在弹簧上微微摇摆，长有绒毛的双臂交叉，粉红色的嘴微张着，长而淡到近乎白色的睫毛眨个不停，目光越过桌面投向门口。这是一个已经很熟悉的动作：她随便用几个指头把淡黄色的头发从太阳穴上掠开，斜睨一眼辛辛纳特斯，他早已把书搁在一边，正在等待还会出现什么情况。

“他走了，”辛辛纳特斯说。

她离开蹲坐的地方，但仍然猫着腰朝门口张望。她颇为尴尬，不知道该做什么。她突然做出愤怒状，只见她芭蕾舞女演员般的一双小腿肚迅速晃动，飞速到了门口——门当然已经锁上了。她的波纹腰带加快了囚室里的空气流动。

辛辛纳特斯问了她两个普通的问题。她装出斯文的样子，说出自己的名字，十二岁。

“你为我感到难过吗？”辛辛纳特斯问。

对此她不作答。角落里有一只瓦罐，她把它举到自己面前。瓦罐是空的，发出沉闷的声音。她冲里面大喊几声，很快就把它扔了。此时她靠在墙上，只用肩胛骨和双肘支撑自己，用穿平底鞋绷紧的双脚向前滑动，然后又直起身来。她对自己微笑，待她继续滑动时，她又阴沉着脸看辛辛纳特斯，就像在看一轮落日。这一切都表明她是一个好动的野孩子。

“难道你一点都不为我难过吗？”辛辛纳特斯说。“这不可能。我无法想象。快过来，你这个傻小妞，告诉我，我哪一天会被处决。”

可是埃米并不回答，只是滑到了地板上。她静静地坐下来，下巴搁在弯曲的膝盖上，拉紧双膝上的裙子褶边。

“告诉我，埃米，请……情况你一定全知道——我看得出你知道……你的父亲在饭桌上谈过，你的母亲在厨房里谈过……每个人都在谈论这件事。昨天的报纸被整齐地剪掉一个小方块——这说明大家都在议论这件事，只有我一个人……”

她像被卷入旋风一样，从地板上跳起来，飞奔到门口，开始在门上猛击，不是用手掌，而是用靠近腕部的手掌根。她的金黄色头发松散、柔软光洁，末端成卷曲状悬挂着。

“你要是个大人就好了，”辛辛纳特斯陷入冥想，“如果你的灵魂有一点点我的神态，你就会像在充满诗情画意的古老神话中一样，在一个漆黑的夜晚让监狱看守喝下魔力饮剂。埃米！”他高声喊道，“我求你——我决不放弃——告诉我，我什么时候会死？”

她一边咬手指头，一边走到桌子旁，桌上高高摞着一堆书。她打开一本，把书页翻得噼啪响，几乎把它们扯下来，啪一声把书合上，又拿起另一本。她的脸动个不停：先是皱长满雀斑的鼻子，然后又用舌头从里面把腮帮子鼓起来。

门咣的一声。罗迪恩可能已经透过窥孔窥视过，怒气冲冲地走了进来。

“还不滚开，死丫头！我真是自作自受。”

她突然尖声大笑起来，避开他蟹钳般的手，向敞开的门冲去。到了门槛上，她突然以舞蹈家神奇的准确性停住——也许是吹送一个吻，也可能是默然达成一项盟约——回头望着辛辛纳特斯。接着，她又有节奏地突然跑开了，步伐又长又高，富有弹性，已经快要飞起来了。

罗迪恩一边抱怨，一边费力地在她后面追赶，钥匙串丁当作响。

“等一等！”辛辛纳特斯喊道。“这些书我全看完了。把书目再给我送过来。”

“书……”罗迪恩气鼓鼓地嘲笑他，猛地咣当一声把门锁上。

痛苦至极！辛辛纳特斯，痛苦至极！纯粹的痛苦，辛辛纳特斯——无情的洪亮钟声，肥胖的蜘蛛，黄色的墙壁，粗糙的黑毛毯。巧克力饮料的浮渣。用两根手指头从中间把它提起，整张把它抓出来，它已不再是平面覆盖层，而像一条有褶子的棕色小裙子了。下面的饮料仍然温热，微甜，死气沉沉。三片烤面包，表皮烤焦了，像乌龟壳。一小块圆形黄油，上面有监狱长姓名首字母的浮饰。痛苦至极，辛辛纳特斯，床上有多少面包屑！

他悲叹了一阵，埋怨，压响所有指关节，然后从床上爬起来，穿上令人厌恶的晨衣，开始在囚室里来回走动。他又一次仔细察看了墙上的题字，希望能在什么地方发现新的内容。他在椅子上站了好久，像一只羽毛未丰的乌鸦站在树墩上，一动不动地仰首凝视着一片小得可怜的天空。他又走动了一阵子。他再次阅读了囚犯的八条守则，其实他早已烂熟于心：

一、严禁离开监狱。

二、囚犯应以逆来顺受为荣。

三、每天下午一点到三点必须严格保持安静。

四、不许接待女性。

五、惟有双方同意并在特定的日子方可与卫兵唱歌、跳舞、开玩笑。

六、囚犯夜间最好不要做与自己的处境、地位不相称的梦，诸如美丽景色、与朋友结伴郊游、家庭饮宴、与在现实生活中或在清醒状态下不让囚犯接近她的人性交，因为囚犯可以因此被法律判定为强奸。万一做了梦，囚犯应立即进行自我抑制。

七、由于囚犯享受着监狱的好客环境，因此，当监狱人员打扫卫生或做其他工作时，如果要求囚犯参加，囚犯不得拒绝。

八、囚犯的财产或人身遗失，监狱管理部门概不负责。

痛苦，痛苦，辛辛纳特斯。继续踱步，辛辛纳特斯，先用你的长袍擦擦墙壁，再擦擦椅子。痛苦！摞在桌上的书全看完了。尽管辛辛纳特斯知道那些书已经全看完了，他还是继续搜寻、检查，把一本厚厚的书翻开来看……他顾不得坐下来，急切地翻阅着已经十分熟悉的书页。

那是一本经过装订的杂志，出版时间很早，几乎记不清年代了。就规模和珍品图书藏量而言，监狱图书馆位居全市第二，它收藏着好几本这样的古董。那是一个年代久远的世界，最简单的东西闪耀着青春和天生的傲慢之光，此乃源自对生产这些东西所付出的劳动的崇敬。那是一切都在流动的年代；充分润滑的金属默默地表演无声的杂技；强壮身体的空前柔软性凸显出男性服装的和谐线条；建筑物弯角处的巨大窗户装的是平滑的玻璃；一位穿泳装的女孩身轻如燕，高飞在泳池上空，看上去不比一只飞碟大；一位跳高运动员使尽全身力气一跃而起，仰卧在空中，要不是他的短裤有旗帜般的折痕，看上去还挺像是在懒洋洋地休息；水在流动，永不间断地悄然流动着；水流从高处落下的优美，浴室细部的辉煌灿烂；海洋泛动着缎子般的波纹，上面落下一个带有双翼的影子。一切都充满光辉，闪耀光芒。一切都充满激情地朝着一种完美前进，而完美的定义则是无摩擦。生命沉醉在自身周期的一切诱惑之中，很快就变得晕头转向，于是地面向下倾斜，塌陷，落下，因恶心和疲惫而变得软弱无力——我非得把它说出来吗？从某种程度上说，它已进入一个新的维度……没错，物质已经老化、疲劳，从那些传奇年代留存下来的东西很少——几部机器，两三眼喷泉没有一个人留恋过去，甚至连“过去”这一概念都发生了变化。

“可是也许，”辛辛纳特斯想，“我对这些画面做了错误的理解。把时代照片的特点与时代本身等同起来了。大量的阴影区，强烈的光线，晒黑的肩膀发出的光泽，罕用的反射光，一种成分流变为另一种成分——也许这一切都只属于快照的性质，属于珂罗版印刷图片，属于那种艺术的特殊形式，而世界其实从来都不那么错综复杂，那么潮湿，那么快速——就像我们今天用并不复杂的摄影机，以其自己的方式记录我们匆忙装配起来并加以涂饰的世界一样。”

“可是也许，”（辛辛纳特斯在一张横格纸上开始飞快地写着）“我错误理解……属于那个时代……如此大量……强烈的……流变……世界其实从来都不……就像……可是如此反复思考又怎能减轻我的痛苦？噢，我的痛苦——我该如何对付你，对付我自己？他们竟敢对我隐瞒……我必须经历极端痛苦的考验，我为了保持一点尊严（无论如何，我只默默忍受脸色苍白——我本来就不是什么英雄……）在接受考验期间必须努力控制自己的一切官能，我，我……身体逐渐衰弱……悬而不决的状态实在糟透了——见鬼，你们为什么不告诉我，快快告诉我——可是你们不干，你们让我每天早上都重新死一次……另一方面，可否让我知道，让我做点……短期工作……把经过证实的想法记录下来……某一天有人会看到它，突然感觉他头一次在一个陌生的国度苏醒过来。我这句话的意思是，我会使他突然喜极而泣，他的眼睛会在泪水中融化，有了这番经历之后，他会觉得世界更干净更新鲜。可在我不知道自己是否有充分时间的情况下，我怎么能开始写作呢？如果你对自己说，'从昨天开始写，时间是足够的，'你会备感痛苦——你又会认为'要是我昨天开始写该多好……'不是非做不可的清晰而精确的工作，也不是为必须起床的某一个早晨做灵魂上的逐渐准备，当——当你，灵魂，在行刑者之桶里洗浴时，你会不自觉地沉溺于毫无意义、毫无新意的逃跑美梦之中——天啊，逃跑……今天，当她跑进来的时候，又是跺脚又是笑——也就是，我的意思是——不，我还是应该做记录，留下一些东西。我不是一个普通的——我是你们当中还活着的一个——不仅是我的眼睛与众不同，还有我的听力，我的味觉——不仅是我的嗅觉像鹿一样，我的触觉像蝙蝠——而且最重要的是，我有能力把所有这一切连接在一点上——不，天机尚未泄露——这只不过是燧石而已——我还没有说到点火本身。我的生命。小时候，有一次参加学校远足，我脱离了队伍——尽管这可能只是个梦——我发觉自己身处正午的烈日之下，在一个懒洋洋的小镇上，有一个男人在一堵粉刷得很明亮的白墙下的一张长凳上打盹，他终于起来帮我找路时，他映在墙上的蓝色影子并没有立即跟上他。噢，我明白了，我明白了，一定是我自己失察了，影子一点未曾磨蹭，我们可不可以简单地认为，它是被墙上的不平之处给挂住了……但我想表述的是：他的行动和滞后的影子的行动之间——那一瞬间，那一昏厥的瞬间——我很少经历的那种瞬间——停顿，间隙，此时心像一根羽毛……我还想写持续不断的震颤——写我思想的一部分总是如何紧紧围绕那看不见的脐带，把这个世界与别的什么东西联系在一起的脐带——与我现在还不想说的东西联系的……可是，当我还在担心没有足够的时间来完成，把这些思想全都翻出来也是徒劳时，我怎么能着手写它呢？今天她跑进来的时候——不过是一个孩子——现在我想说的是——不过是一个孩子，给我的思想带来了一些透气孔——我和着一首古诗的韵律展开遐想——难道她就不能给那些卫兵一杯掺毒的饮料，她就不能救我吗？

但愿她能保持现在的童真，同时又思想成熟、善解人意——这样就有可能性了：她火辣辣的脸颊，一个月黑风高的夜晚，解救行动，解救行动……但是我错了，我反复认为世界上没有我的避难之所。其实有！我能找到它！沙漠中葱翠的沟壑！高山险崖遮阴下的一片雪！但这是不健康的——我正在做的是：我的身体已经很虚弱了，而我却还在刺激自己，随意挥霍仅余的一点力气。多么痛苦，噢，多么痛苦……显然我还没有把最后的胶片从自己的恐惧中除去。"

他陷入沉思之中。他扔下铅笔，站起来，开始走动。他听见钟声敲响。脚步声利用钟声作为平台浮出水面；平台漂走了，可是脚步声却留下了，这时两个人走进了囚室：罗迪恩端着汤，图书管理员送来了书目。

后者身材魁梧，却面带病容，脸色苍白，眼圈发黑，一圈黑发围住秃顶，躯干很长，穿一件蓝色套衫，有些地方已经褪色，双肘有靛蓝色补丁。他的双手插在裤袋里，裤子极窄，腋下夹一本大书，黑皮装订。辛辛纳特斯以前已有幸见过他一面。

"这是书目，"图书管理员说，语言极为简洁，显然有蔑视的味道。

"很好，就放这儿吧，"辛辛纳特斯说，"我会选些书。如果你愿意坐下来等一会儿，请便。但是如果你想走……"

“我这就走，”图书管理员说。

“那好。我会让罗迪恩把书目还给你。还有，你可以把这些书带回去……这些古代的杂志真是美妙动人……你可知道，这本沉甸甸的书就像压舱物一样，一直把我送到时间的底部。那真是一种令人陶醉的感觉。”

“不，”图书管理员说。

“再给我送一些来——我将把自己想要的年份抄下来。还要一本小说，要最新的。你就要走了吗？各种吸引人的内容你全有吗？”

辛辛纳特斯独自一人，一边喝汤，一边翻阅书目。其核心部分精心印刷，很吸引人。印刷文本中插入许多用红墨水写的书名，字体虽小但很清晰。如果不是专家，要弄懂书目的意思是很困难的，因为其中的书名不是按字母顺序排列的，而是以每本书的页码数为序，还注明每本书里额外贴进去多少张（这是为了避免重复）。因此，辛辛纳特斯只是随便找找，心中并无确定的目标，碰到似乎有点魅力的东西就挑选出来。书目保存之干净堪称典范，正因为如此，有一本书首页的白色反面上，出现一个孩子的一系列铅笔画，就更加令人感到惊奇。那些画的意思，辛辛纳特斯起初并不理解。

五

“请接受我最诚挚的祝贺，”第二天早晨，监狱长走进辛辛纳特斯的囚室，用他的男低音油腔滑调地说。罗得里格·伊万诺维奇似乎打扮得比平时更加整洁漂亮：他那件最漂亮的礼服大衣，背部填了棉花垫料，显得宽阔、平滑、肥胖，像个俄罗斯教练；他的假发很光洁，像新的一样；他的下巴像生面团，滑稽可笑，看上去像扑了一层面粉。纽孔里插一朵粉红色蜡花，花瓣边上布满斑点。一群监狱工作人员从他威严的身影背后好奇地窥视着——他已经站在门槛上了，他们也都穿上节日盛装，头发也捋得很平顺。罗迪恩甚至还佩戴一枚小奖章。

“我早就准备好了。我马上穿好衣服。我知道会是今天。”

“恭喜恭喜，”监狱长重复道，未曾注意到辛辛纳特斯因情绪激动而浑身颤抖。“我荣幸地通知你，从今以后你有邻居了——对，对，他刚搬进来。我相信，你一定等厌了。好啦，现在不用操心了——有知己有朋友可以一起玩一起工作了，你不会再觉得那么沉闷无聊了。还有更重要的——此事当然必须严格保密——我可以通知你，你已经获准与你的妻子见面，时间是明天上午。”

辛辛纳特斯躺回床上去说：“好，太好了。我感谢你，布娃娃，教练，彩绘猪……对不起，我有点……”

此时，囚室的四壁开始凸起，泛起涟漪，像被搅动的水中倒影；监狱长开始轻轻荡漾，床变成了船。辛辛纳特斯抓住船舷以保持自己的平衡，可是桨叉却掉在了他手里。在齐脖深处，在千朵布满斑点的花里，他开始游泳，被绊住，开始下沉。他们卷起衣袖，开始向他伸出撑船用的长篙和抓钩，为的是能钩住他，把他拉回岸上。他们终于把他拖了上来。

“别紧张，别紧张，只是个普通的小女人，”监狱医生——他的别名叫罗得里格·伊万诺维奇——微笑着说。“你可以自由地呼吸，什么东西都可以吃。你夜里出过汗吗？一切照常，如果你很听话，也许我们会让你很快地看一眼新来的人……但是请你注意，只能很短暂地看一眼……”

“时间多长……我说的是那个见面……能给我们多少时间？……”辛辛纳特斯吃力地说。

“等一等，等一等。别这么火急火燎的，别这么激动。我们答应把他带来给你看，我们决不食言。穿上你的拖鞋，把头发整理好。我看……”监狱长用目光向罗迪恩征求意见，罗迪恩点头。“但是请你绝对保持安静，”他又对辛辛纳特斯说，

"不要用你的手去抓任何东西。好吧，起来，起来。你不配享受这一待遇——你，我的朋友，表现不好，但我们还是给你这次机会——好——不要说话了，悄然无声……"

罗得里格·伊万诺维奇踮着脚尖，用双臂保持平衡，离开了囚室，辛辛纳特斯穿着尺码太大的拖鞋，拖着脚步紧随其后。走廊远处，罗迪恩已经在一扇上了闩的门前俯下身子：他已经把窥孔盖推向一旁，正往里窥视着。他未曾转身，只用手做了个动作，要求大家更安静些，然后又逐渐改变为另一种不同的示意手势。监狱长把脚尖踮得更高，同时转身做了个带有威胁性的鬼脸，但是辛辛纳特斯没有办法不让自己的拖鞋完全不在地面上摩擦出声音来。在半黑暗的过道里，不时可见监狱工作人员影影绰绰地聚集在一起，弯下身子，手搭凉篷，似乎是想看清远处的什么东西。实验室助手罗迪恩让老板通过调好焦距的目镜进行观察。罗得里格·伊万诺维奇弯下腰来窥视，背部发出结实的嘎吱一声……与此同时，在灰色的阴影中，模糊的人影悄无声息地更换着自己的位置，悄无声息地相互召唤，排成队列，许多无声的脚都已经像活塞一样移动到了合适的位置，随时准备迈步前进。最后，监狱长慢慢走开，轻轻拉了一下辛辛纳特斯的衣袖，请他来看那个小窗洞，就像一个教授请一位顺便到访的门外汉观察什么东西一样。辛辛纳特斯顺从地把一只眼贴在透出光亮的小圆圈上。起初他只看到一些阳光光斑和色带，但是后来他辨认出一张床，和他囚室里的床一样；旁边叠着两只好看的小提箱，箱锁闪闪发亮，还有一只长方形大箱子，像是用来装长号的。

“喂，你看见什么了吗？”监狱长低声问，弯身紧贴着他，身上散发出从敞开坟墓中长出来的百合气味。辛辛纳特斯点点头，尽管他还没有看到最主要的目标；他把视线向左移，这下真的看到了。

一个没有胡子的小个子胖男人，三十岁左右，身着老式但刚熨过的干净监狱睡衣裤，坐在一张椅子上，身体侧向桌子一旁，一动不动，像是糖制的。他全身上下都有条纹——连短袜也不例外，全新的摩洛哥皮拖鞋——他坐着，一条短而粗的腿架在另一条腿上，胖乎乎的双手抓住胫部，露出洁净的脚后跟。耳状的手指头上，一块清澈的海蓝宝石闪耀光芒。蜜黄色的头发在浑圆的脑袋中央分开。长长的睫毛投影在胖乎乎的脸颊上。一口洁白整齐的奇妙好牙在绯红的双唇间闪光。他全身似乎霜雪般光亮平滑，只因从头顶上落下的太阳光柱才稍微融化了一点。桌上除了一只别致的旅行钟装在一个皮盒子里，别的什么都没有。

“好了好了，”监狱长微笑着低声说，“我也想瞧瞧，”他自己又凑到明亮的窥孔前面来。罗迪恩用手势向辛辛纳特斯示意该回去了。影影绰绰的工作人员排成一列，毕恭毕敬地跟在他后面：在监狱长背后已经排起了长队，等候着要到窥孔前看一眼，有些人把他们的长子都带来了。

“我们真的把你宠坏了，”罗迪恩低声做了这样的结论，半天打不开辛辛纳特斯囚室的门锁，最后用俄文诅咒，终于奏效，把门打开了。

一切归于寂静，一切与平常一样。

“不，这还不是一切——明天你还会来，”辛辛纳特斯朗声说，由于刚才的心醉神迷，身体还在颤抖着。“我应该对你说什么？”他继续考虑着，不断自言自语，止不住战栗。“你会对我说什么？无论发生什么情况，我都爱你，而且将会继续爱你——即使到了我跪在地上，双肩往后缩，脚后跟冲着刽子手，绷紧鹅一般的长颈时——我仍然爱你。尔后——很可能是尔后——我会爱你，总有一天，我们将能对一切作出真正全面的解释，到了那个时候，我们也许就会在某种程度上互相融合，你和我以某种方式把自己转变为一种模式，把谜解开：从A点画一条直线到B点……不必看，也不必动用铅笔……或以某种别的方式……我们将把两点连接起来，画出这条线，你和我共同组成我所渴望的独特设计图案。如果他们每天早上都这样对待我，就能使我就范，我会变得头脑迟钝。”

辛辛纳特斯突然呵欠连连——眼泪顺着脸颊流下来，硬腭底下还是有一波接一波的胀满感。那是神经紧张引起的——他并不困倦。在明天到来之前，他必须找点事做，不让自己闲下来——新的书还没有送来。他的书目也还没有还……噢，对了，不是还有那些小画吗！可是现在，由于还有明天的见面……

显然出自孩子的手笔，无疑是埃米的画，构成一个连贯的故事，一个承诺，一个典型的幻想（辛辛纳特斯昨天就是这样看的）。首先是一条横线——也就是这石头地面；地面上有一把很简单的椅子，像一只昆虫，上方是由六个正方形组成的格栅。另有一幅相同的画面，但增添了一轮满月，它的嘴角郁闷地耷拉在格栅之外。下一幅是一张用三笔画成的凳子，上面坐着一个无眼（在睡觉）的狱卒，地上有一个圆环，上面挂着六把钥匙。再往后一幅还是同一个钥匙环，只是稍大一点，短袖中有一只手，五指伸直要去抓钥匙环。从这里开始画面变得有趣起来了。下一幅画中，门半开着，门内有看上去像鸟距的东西——这一切明显暗示逃跑的囚犯。再下一幅是他本人，头上用一些逗号代替头发，身穿黑色小袍，用一个等腰三角形表示，最高水平的艺术家也不过如此了。他被一个小女孩领着：双腿像叉子，波状裙子，头发画成几条平行线。接着又是同一画面，只是以设计图的形式出现：一个正方形代表囚室，一条有角度的直线代表走廊，虚线代表路线，末端是画得像手风琴的阶梯。最后是结尾：漆黑的塔楼，上方是高兴的月亮，嘴往上撇。

不——这只不过是自我欺骗，纯属胡编乱造。孩子毫无目的地乱涂一气……让我们把书名抄下来，把书目放到一边。是的，孩子……舌尖从右嘴角伸出，紧紧握住又粗又短的铅笔，由于使劲往下压，有一个手指头发白……特别成功地连接一条直线之后，身子往后一靠，脑袋摇过来晃过去，扭动双肩，又回到纸上去画画，把舌尖转换到左嘴角……那么煞费苦心……净是胡编乱造，咱们就不要再详细谈论它了……

辛辛纳特斯想找一种办法打发无聊的时光，于是决定把自己收拾干净，明天好与马思见面。罗迪恩答应再抱一只浴桶来，审判前夕，辛辛纳特斯曾在那种桶里洗过一次澡。他坐在桌旁，等着送水来；今天桌子有点摇晃。

“这次见面，”辛辛纳特斯写道，“表明我那可怕的早晨很可能为期不远了。后天的这个时候，我的囚室里将空无一人。但是能见到你，我还是感到很快乐。以前我们上车间走的是不同的楼梯，男的走一个，女的走另一个，但是会在倒数第二个楼梯平台上相遇。我第一次见到马思时，她是什么样子，现在我再也想不起来了，但是我还记得，她要笑之前的刹那间嘴巴微张的情形，还有淡褐色的圆眼睛，珊瑚耳环——啊，我多么想再现过去的她，很生疏，还很生硬——后来逐渐温和起来——当她向我转过头来，脸颊和脖子之间出现的皱褶变得热情起来，几乎是充满活力。这就是她的天地。她的天地是由一些简单的成分连接起来的。我看，最简单的烹饪书中的食谱，都比她哼着曲子烘烤出来的世界更复杂：每天为她自己，为我，为大家。可是不知从什么时候开始——即使在当时最初几天，不知从何时起突然出现了恶意和固执……如此柔软、逗趣、温暖，接着突然地……起初我还以为她是故意装的，也许是为了表明别人处在她的位置上会是多么暴躁、固执。你能想象，当我意识到这就是她的真实自我时，我是多么惊异吗！因为一些鸡毛蒜皮的琐事——我的小笨蛋，你的脑袋多小啊，伸手从那赤褐色的浓发中摸过去就知道小了。她懂得往自己头顶上抹女孩子用的头油，给头发平添一点纯粹的光滑感。‘你那位娇小的妻子外表文静温柔，但是我要告诉你，她会咬人，’她那位难忘的初恋情人对我说。最糟糕的是，他使用这个动词并非比喻……因为在某一特定时刻，她真的咬人……那是人们应该驱除的记忆之一，否则它就会压倒你，压垮你。小马思又干出那种事来……有一次让我看见了，我看见了，我看见了——我从阳台上看见了——从那一天起，在走进任何房间之前，我都是老远就发出明显的信号——或咳嗽，或毫无意义地感叹。目睹那种扭曲姿势，匆促行事气喘吁吁，令人极为厌恶——以前在塔玛拉花园的阴暗隐蔽处，这一切都是我的，后来我失去了。算一算她已经有多少……无穷无尽的折磨：用餐时不是跟这个情人就是跟那个情人谈话，装出兴高采烈的样子，砸坚果，开玩笑，在这整个过程中，极端害怕弯下身子，偶然看见那个怪物的下半身，其上半身还挺体面的，可以看到一个年轻女士和一个年轻男士坐在桌旁，直至腰部，他们平静地吃饭闲聊，但其下半身却是扭动、狂暴的四足动物。我弯腰从地上捡起掉落的餐巾，简直就像坠入地狱。事后，马思谈及自己时（照样还是用第一人称复数）会说，'被人家看到，我们觉得很不好意思，'脸上露出不悦的表情。我仍然爱你。无从逃避，命中注定，不可救药……只要那些橡树矗立在公园里，我就……当他们冠冕堂皇地向你表明，我已不受欢迎，大家都必须避开我——你为自己什么都没有注意到而感到惊奇——要瞒着你是轻而易举的事！我还记得你求我改造自己的情况，其实你并没有真正理解我身上有什么东西需要改造，如何改造，即使到了现在，你还是什么都不理解，而且从不停下来想一想你是否理解，而当你感到疑惑时，你的疑惑几乎是温馨的。甚至，法警已经捧着那种帽子开始在法庭上走动了，你还把小纸片扔进来。”

浴桶到达码头后还在轻轻摇晃，无邪、欢快、诱人的蒸汽升腾而起。辛辛纳特斯颇为冲动，叹了口气，把填好的单子放在一边，这两个动作做得很快。他从小床脚柜里取出一条干净毛巾。辛辛纳特斯身材又小又瘦，可以把全身都泡进浴桶里。他坐在桶里，像乘坐独木舟，平静地漂浮着。夕阳的淡红色余晖和蒸汽互相混合，在石头囚室的小天地里引起一阵五彩缤纷的震颤。靠岸后，辛辛纳特斯站起来，登上陆地。他自己擦干身子时，眩晕和心悸使他很难受。他瘦骨嶙峋，此时，落日的余辉使他肋骨的影子产生夸张效果，整个胸腔的结构显出神秘色彩，恰如其分地表现出他身处监狱被囚禁的环境性质。我可怜的小辛辛纳特斯。他在擦干身子时，试图从自己身上找到某种可以转移注意力的东西，他不断察看自己的静脉，不能不想到自己的塞子很快就会被拔去，体内的一切都会流出来。他的骨头既轻又细。他那些听话的脚趾甲（你们很可爱，你们是无辜的）孩子般专注地仰望着他。当他这样坐在床上的时候——赤身裸体，他那皮包骨的后背，从尾骨到颈椎骨，全都暴露在门外的窥视者面前（他能听到他们的低声细语，沙沙作响的脚步声，议论这个那个的声音——可是没关系，让他们看个够吧)。人们可能会认为辛辛纳特斯是个多病的青年——连他的后脑勺，凹形的后颈和那束湿头发，看上去都是孩子气的——而且还特别灵敏。辛辛纳特斯从同一个旅行包里取出一面小镜子和一小瓶脱毛剂。每次接触到脱毛剂，他总会想起马思体侧那颗特别爱长毛的痣。他往胡子拉碴的脸颊上擦脱毛剂，把毛发去净，但是小心地避开八字须。

现在又干净又漂亮了。他叹了口气，穿上凉快的衬衫式长睡衣，身上还散发出在家里沐浴的气味。

天黑了。他躺在床上，继续漂浮。罗迪恩按常规时间把灯打开，把水桶和浴桶搬走。蜘蛛顺着一根细丝溜下来，罗迪恩伸出一个手指头，让这只毛茸茸的小动物落在上面，还像对待金丝雀一样跟它闲谈。与此同时，通向走廊的门仍然半开着，那边突然有什么东西响动起来……刹那间，互相交织的淡色鬈发末端垂下来，罗迪恩一动，鬈发很快就消失了。他抬头仰望着马戏团圆顶下那小小的黑色高空杂技演员正往上爬回去。门仍然还开着四分之一。严厉的罗迪恩系着皮围裙，一脸卷曲的红胡子，在囚室里笨拙地走动着。钟声敲响之前发出粗哑的喧闹声（此时因为可以直接沟通，显得更近了），他从皮带的一个隐秘处掏出一块表，对了对时间。待他认为辛辛纳特斯已经睡着了，仔细观察了好久，才把身子倚在扫帚上，就像倚在一把战戟上一样。谁知道他得出什么结论，他又开始走动起来……就在这个时候，一只红蓝两色球悄然从门口滚进来，速度不很快，沿着一个直角三角形的一条直角边径直滚到床底下，消失了一会儿，重重地撞在便盆上，顺着另一条直角边滚出来——滚向罗迪恩，他完全没有注意到，迈出一步时正好踢到了它。球顺着直角三角形的斜边，从原先滚进来的门缝滚出去了。罗迪恩把扫帚扛在肩上，离开了囚室。灯熄了。

辛辛纳特斯没有睡着，没有睡着，没有睡着——不，他睡着了，但是唉叹一声又从被窝里钻出来了——现在他又没睡着，睡着了，没睡着，一切都搞乱了——

马思，斩首执行人的垫头木，她的丝绒——结果会如何呢……会是哪一个呢？是被斩首还是有机会和妻子见面？一切全都搅和在一起了，但是当灯被打开，罗迪恩踮起脚尖走进囚室时，他的确睁开眼眨了一下。罗迪恩从桌上拿起黑色封皮的书目，走出囚室，屋里一片漆黑。

六

那是什么——透过一切可怕、黑暗、丑陋的东西——那是什么东西？它最后一个退出脑海，不肯向巨大沉重的睡眠之车屈服，现在它又头一个赶回来——多么令人开心，令人开心不已——越来越大，越来越清晰，让他的心充满温暖：今天马思就要来了！

就在这个时候，罗迪恩用托盘送来一封淡紫色的信，那动作跟戏中演的一样。辛辛纳特斯坐在床沿上读道："万分抱歉！简直是个不可原谅的错误！经查阅法律文本，发现只有审判满一星期之后，方可允许与家人见面。因此我们把它推迟到明天。祝你健康，老家伙，问候。这里一切如旧，烦心事一桩接一桩，为漆岗亭派人去取来的油漆，结果又不能用，为此事我已经给他们写过信，但毫无结果。"

罗迪恩正在收拾桌上昨天留下的盘子，尽量不看辛辛纳特斯。这一天一定很令人沮丧：从上面射进来的光线是灰暗的，富于同情心的罗迪恩的黑色皮衣显得又湿又硬。

"唉，那好吧，"辛辛纳特斯说，"随你的便，只能随你的便……反正我是无能为力了。”（另一位辛辛纳特斯……个子更小些，正哭泣着，蜷缩在一只球里。）“也好，那就明天吧。但是我想请你去叫……”

“我马上就去，”罗迪恩脱口而出，欣然同意，他对这句话仿佛期盼已久。正当他要往外冲的时候，早已在门外等得不耐烦的监狱长进来了，因为早了那么一丁点儿，结果两人撞到了一起。

罗得里格·伊万诺维奇手里拿着一本挂历，不知道该放在哪里。

“万分抱歉，”他大声说，“简直是个不可原谅的错误！经查阅法律文本……”罗得里格·伊万诺维奇逐字逐句重复完那封信的内容之后，在辛辛纳特斯脚边坐下来，连忙又补充道，“不管怎样，你可以递交抗议书，但是我有责任提醒你，下一次代表大会将于秋天召开，到时候会有大量的水——不仅是水——漫过大堤。你明白我的意思吗？”

“我不打算提出抗议，”辛辛纳特斯说，“但是想问问你，在组成你的世界的所谓事物的所谓秩序中，到底还有没有信守诺言这一说？”

“诺言？”监狱长吃惊地问，原来他正用挂历的纸板部分为自己扇风，此时停了下来（上面是一幅水彩画，描绘的是日落时分的要塞)。“什么诺言?”

“我的妻子明天会来。看来你是不愿意为此事做出保证——但是我想把问题提得更宽泛一些:在这个世界上,到底还有没有任何保障,任何保证,可不可能有,或者在这里压根儿就不知道有保证这一说?”

静默。

“可是罗曼·维萨里奥诺维奇身体状况欠佳,”监狱长说,“你听说了吗?他因感冒卧床不起,显然挺严重……”

“我的感觉是,你无论如何不会回答我。这倒也合乎逻辑,因为不负责任最终也会发展出自己的逻辑来。三十年来,我一直生活在一群摸上去似乎有其实体的幽灵中间,不让他们知道我是活人,实实在在的人——但是既然我已经被逮捕了,也就没有理由再跟你装下去了。起码我要亲自检验一下你这个世界的一切虚假性。”

监狱长清清嗓子,继续说下去,仿佛什么也没有发生:“真的挺严重,其实我作为一个医生也无法肯定他能否出席——也就是他能否及时康复——简言之,能否去看你的表演。”

“走开,”辛辛纳特斯咬紧牙关说。

“别这么垂头丧气的,”监狱长继续说,“明天,明天你梦寐以求的事情会变成现实……可这挂历还是很漂亮的,不是吗？是一件艺术品。不，这不是给你的。”

辛辛纳特斯闭上双眼。当他又睁开眼睛的时候，监狱长正站在囚室中央，背冲着他。皮围裙和红胡子还乱堆在椅上，显然是罗迪恩落下的。

“今天我们必须把你的住所打扫得特别干净，”他说，没有转过身来，“为明天的见面做好准备……我们在这里洗地板的时候，我想请你——”

辛辛纳特斯又闭上双眼，监狱长的音量有所降低，继续说：“……我想请你到走廊上去。用不着很长时间。让我们认真打扫一下，明天就能以合适的方式，干干净净，整整齐齐，像过节一样……”

“滚出去，”辛辛纳特斯大声嚷道，站起来，全身发抖。

“这绝不可能，”罗迪恩声色俱厉地说，过分讲究地摆弄着围裙带。“我们必须把这里打扫打扫。你看，这灰尘太多了……你应该说声谢谢才对。”

他对着一面袖珍式小镜子审视自己，把八字须抖到脸颊上去，最后走到床前，把辛辛纳特斯的东西交给他。拖鞋事先用纸团填塞过，晨衣的边缘小心地往后折，还别上了别针。辛辛纳特斯有点站立不稳，穿好衣服，稍稍靠在罗迪恩的手臂上，走到走廊上去。他在一张凳子上坐下来，两臂交叉插进衣袖，像个病人。囚室的门敞开着，罗迪恩开始打扫起来。椅子放在桌子上；床单从床上扯了下来；水桶把丁当作响；穿堂风掀动桌上的纸，有一张滑到了地上。“你还在那里发什么呆？”罗迪恩喊道，把嗓音提到比水声、溅泼声和撞击声更高。“你应该在走廊上散散步……迈开脚步，别害怕——出了什么事，有我在这儿呢——你只要喊一声就行了。”

辛辛纳特斯顺从地从凳子上站起来，但是他刚沿着冰冷的墙壁走动——墙体无疑和监狱底下的石头地基连在一起——他刚走出几步（这叫什么步子！——软弱无力，似乎失重，战战兢兢），他刚把罗迪恩、敞开的门和水桶抛在身后，辛辛纳特斯立即感受到自由的浪潮汹涌而至。当他在角落处转弯时，这种涌动更加充分地体现出来。光秃秃的墙上除了汗渍污斑和裂缝以外，别无装饰，只有一个地方有人用赭石乱涂一气，像房子油漆工刷漆似的，“试刷子，试刷——”底下有一道难看的油漆。因不习惯费力独自行走，辛辛纳特斯肌肉发软，肋部突然剧痛。

到了这个时候，辛辛纳特斯才停下脚步，环顾四周，仿佛他刚进入这一石头偏僻处所，鼓足全身勇气，唤起全部生命力，力图最精确地理解自己的处境。被指控犯了弥天大罪，属诺斯替教[1]的堕落行为，极为罕见，十分难以启齿，只好使用“难以探测”、“不透明”、“闭塞”一类的迂回词语。为此罪被判处斩首死刑，被囚禁在要塞里，等待着不得而知但为期不远且不可变更的那一天（他明确地把那一天预期为猛烈摇动、使劲拉动、嘎吱嘎吱咀嚼的一颗巨牙，他的整个身体是发笑的牙床，他的脑袋就是那颗牙齿）。此时他带着沉重的心情站在要塞走廊上——还活着，尚未受到伤害，仍然是辛辛纳特斯——辛辛纳特斯·C对自由产生了强烈的渴望，最普通的、肉体上的、肉体上可行的那种自由，同时他还加以想象，而且想象的感官清晰度极高，就像是从他自己身上放射出来的摇动不定的光环，变浅的河流再过去是城镇，从那城镇的任何一个地点你都可以看到——时而这样的远景，时而那样的远景，时而像用蜡笔画的，时而像用水墨画的——此时他被囚禁其中的这座高大要塞。他身上涌动的这股自由浪潮如此强大如此甘甜，仿佛一切都变得比现实更美好：看守他的狱卒，其实每个人亦是如此，似乎变得更温顺了；在受局限的生命现象中，他用理性寻找出一条可能的途径，于是某种幻象在他眼前舞动起来——仿佛有一千根灿烂的光针，把在一个镀镍球体中的太阳的耀眼影

1 Gnosticism，一种融合多种信仰、把神学和哲学结合在一起的秘传宗教，强调只有领悟神秘的“诺斯”，即真知，才能使灵魂得救，一至三世纪流行于地中海东部各地。

像包围起来……站在要塞的走廊上，聆听洪亮的钟声，就在时钟刚开始它悠闲的计数时，他想象着城里过去在这一清晨时刻的生活情景：马思提着空篮子从家里出来，垂着眼沿着阴郁的人行道往前走，身后跟着一位黑色八字须英俊潇洒的年轻男子，距她只有三步之遥；天鹅形或风尾船形的电动四轮游览轻便马车，人乘坐其中像坐在旋转木马式的摇篮中一样，在大街上不断滑行在永不止息的车水马龙之中；人们把家具仓库里的沙发和靠背椅搬出来晾，路过的学生便坐在上面休息，小勤杂工的手推车里装着他们的书，他擦着额头上的汗，倒像个成年工人；靠弹簧驱动、两个座位的“小钟”，该地区的人都这么叫它们，沿着刚洒过水的人行道滴答前行（认为这些是过去的汽车，那些漂亮光洁的流线型轿车的堕落后代……是什么使我这样想的？啊，对了，是杂志上的那些照片）；马思挑选了一些水果；老弱而令人讨厌的马匹把商品从工厂运送给城里的批发商，它们对地狱般的景象早已习以为常；街头卖面包的小贩身穿白衬衫，脸上像镀了金，他们一边叫卖，一边用棒状面包玩杂要，把它们抛到空中，接住，再次旋转；在一扇长满紫藤的窗户旁，四个快乐的电报工人正在碰杯，并为路人的健康干杯：一个爱用双关语出了名的人，一个贪吃的老头，头戴鸡冠花状帽子，下身穿红色绸裤，正在小池塘群的一个亭子里大吃油煎肉；云已消散，在一支铜管乐队的伴奏下，斑驳的阳光洒落在倾斜的街道上、小巷里，行人步履匆匆；空气中飘逸着椴树的气味、碳的气味和湿砾石的气味；索莫纳斯上尉陵墓上永久的喷泉不断喷洒着这位石雕上尉、他那双巨足边上的浅浮雕和颤动的玫瑰，慷慨地对它们进行灌溉；马思垂着眼，提着满满的菜篮往家里走，身后跟着一位金发纨绔子弟，距她仅三步之遥……钟声敲响的时候，辛辛纳特斯透过墙壁看到和听到的就是这些东西。尽管在现实生活中，这城里的一切同辛辛纳特斯的秘密生活和他心中燃烧着的有罪火焰比较起来，都显得毫无生气，令人厌恶，尽管他对此十分明了，也知道已毫无希望，但此时此刻他还是渴望能回到那些明亮而熟悉的街道上去……就在这时钟声响完了，想象中的天空阴云密布，他又重新回到监狱的现实中来。

辛辛纳特斯屏住呼吸，走动，又停下，仔细听：前方某一个地方，距离不能确定，传来轻轻的敲击声。

敲击声有节奏、快速、属钝性，辛辛纳特斯全身神经高度兴奋，从中听出了一种吸引力。他继续朝前走，神情专注，步履轻飘，头脑清醒；他不知转了多少次弯。敲击声停了，但是随后似乎又在更近的地方响了起来，像一只看不见的啄木鸟。笃，笃，笃。辛辛纳特斯加快脚步，黑暗的通道又拐了一个弯。突然变得比较明亮起来——尽管不像白天那么亮——此时的声音听得比较清楚了，仿佛还能从中听出点得意来。在前方淡淡的灯光下，埃米正在对墙击球。

这一段通道比较宽，辛辛纳特斯起初以为左边墙上有一扇又大又深的窗户，奇怪的补充光线就是从那里流泻进来的。埃米弯腰捡球，同时把短袜往上拉，俏皮而羞涩地望着他。手臂和胫部金黄色的细小汗毛笔直竖起。双眼在略显白色的睫毛之间闪出光芒。此时她直起身来，用刚才拿球的那只手把淡黄色发卷从脸上掠开。

“你似乎不应该在这里走动，”她说——她嘴里含着什么东西，在腮帮子后面滚动，还撞到了牙齿。

“你嘴里在舔吃什么？”辛辛纳特斯问。

埃米伸出舌头，自在灵巧的舌尖上有一块红色的硬糖。

“我还有，”她说，“你也来一块？”

辛辛纳特斯摇头。

“你似乎不应该在这里走动，”埃米重复道。

“为什么？”辛辛纳特斯问。

她耸起一只肩膀，做了个鬼脸，弓起刚才拿球的那只手，绷紧小腿肚，跃上他原来以为有一个壁龛、一扇窗户的地方，反复调整姿态，突然身子仿佛变得瘦长起来，舒服地坐在了丝绸般平滑的一个石头突出部上。

不，它只是像一扇窗户，实际上是一个上了釉的凹处，一个陈列柜，在其虚假的纵深处陈列着——对了，当然，有谁会辨认不出它呢！——塔玛拉公园的景色。这幅风景画涂抹出好几层远景，用的是难以辨认的各种绿色，以隐蔽的灯泡照明，可能让人联想起陆栖小动物饲养箱或某一类型的剧院舞台布景，但更大的可能是联想到一支管乐队使劲吹奏的背景。就群集和透视效果而言，一切都再现得相当准确。要不是因为色彩单调，树梢静止不动，灯光照明不活泼，你可以眯起眼睛，想象自己从这座要塞里透过一个枪眼看到了真实的公园。放纵的目光能辨认出那些大街，波状的青翠小树林，右边的柱廊，独立的杨树林，在令人难以置信的蓝色湖面中央，那灰白色的一团可能是一只天鹅。在远处程式化的薄雾中，群山拱起圆的后背，群山上方，在演员表演生死的那种暗蓝灰色苍穹下，积云纹丝不动。这一切都有些不新鲜，显出陈旧，蒙上尘埃，辛辛纳特斯望穿的那一片玻璃上有些污迹，把其中的一些污迹拼凑起来，可以再现出一只孩子的手。

“请你带我到那个地方去好吗？”辛辛纳特斯低声说，“我求你了。”

他在石头突出部上埃米身边坐着，两人一起透过玻璃观望人为制造的远方景色。她用手指头令人困惑地循着那些蜿蜒小路比画着，她的头发散发出香子兰气味。

“爸爸来了，”她突然用刺耳急促的声音说，说完立即跳到地上，跑得无影无踪。

她的话是真的：罗迪恩走过来了，钥匙串丁当作响。他的方向恰好与辛辛纳特斯刚才走过来的方向相反（辛辛纳特斯起初还以为那只是镜子中的一个映像）。

“你该回来了，”他开玩笑地说。

玻璃后面的灯灭了，辛辛纳特斯迈出一步，打算循原来的路线回去。

“嘿，嘿，你要上哪儿去？”罗迪恩喊道。“直着走，那条路近些。”

到了这个时候，辛辛纳特斯才意识到，在走廊上拐了那么多弯，其实并没有走出多远，而是绕了一个多面体——现在他拐了一个弯，就看到了远处自己囚室的门，没到那儿之前经过了关押新囚犯的囚室。这间囚室的门敞开着，他以前见过的那个可爱的矮子身穿条纹睡衣，正站在一张椅子上，要把挂历钉在墙上：笃，笃，像一只啄木鸟。

“不要窥视，我的漂亮小姑娘，”罗迪恩性情温和地对辛辛纳特斯说。“回家，回家。我们已经把你的房间打扫得干干净净，呃？现在来了客人我们也不必觉得难为情了。”

他似乎为一个事实感到特别自豪：蜘蛛已经在一张干净而且编织得十分精确无可挑剔的网上登位，那张网显然是刚编织出来的。

七

一个魅力十足的早晨！它一扫以前的摩擦，自由地穿透带铁条的玻璃窗，窗玻璃昨天罗迪恩刚擦洗过。论节日气氛，没有任何东西能比得上墙上的黄色油漆。桌子铺上了一张干净桌布，因为底下有空气，还不很熨帖。水洗过的石头地板散发着经过洗礼后的清新气息。

辛辛纳特斯穿上身边最好的衣服——他套上长白丝袜，那是他当教师时遇上节日表演才穿的——罗迪恩送来一只雕花玻璃湿花瓶，插有从监狱长的花园里采来的繁瓣牡丹花，放在桌子中央……不，不是正中央。他退出囚室，很快又搬来一张凳子和一张追加的靠背椅，安排家具的时候不是随随便便，而是有见地有品味。他好几次回到囚室来，辛辛纳特斯都不敢问，“快了吗？”——正如人们穿戴整齐，恭候客人到来，特别无所事事一样——他不断来回走动，时而在并不习惯的角落里稍歇，时而把花瓶里的花扶直，最后还是罗迪恩可怜他，说不会等很久了。

准十点，罗得里格·伊万诺维奇来了，身着最好且具标志性的礼服大衣，一副自负、冷漠的超然神态，情绪激动但镇静沉着。他放下一只大烟灰缸，对室内的一切（惟辛辛纳特斯除外）进行认真检查，像个尽心尽责的男总管，只关注无生命的东西是否干净整齐，有生命的东西则任其自行设法应对。他带回来一个配有橡皮球的绿色长颈瓶，开始喷洒菠萝香水。辛辛纳特斯无意中挡了他的道，被他粗鲁地推到一边。罗得里格·伊万诺维奇安排椅子的方式与罗迪恩不同，他瞪大眼睛冲着椅背看了好久，发现它们彼此不相配—— 一只希腊琴状，另一只方形。他鼓起腮帮子，吐气时吹出口哨，最后转身面对辛辛纳特斯。

"你呢？准备好了吗？"他问。"你需要的东西全都找到了吗？鞋扣扣好了吗？这里为什么有点皱或怎么地？太不像话了——让我们检查一下你的爪子。好，不要把什么都弄脏了。我看用不着等很久了。"

他走出囚室，他那甜美、权威的男低音在走廊上到处回荡。罗迪恩打开囚室门，并把它固定在打开的位置上，然后在门槛上铺上一条褐色条纹长条地毯。"来了，"他眨了一下眼睛低声说，随即又消失了。此时不知从什么地方传来钥匙在锁里当啷三次的声音，同时可以听到许多杂乱的声音，一阵风吹乱了辛辛纳特斯头上的头发。

他的情绪非常激动，他抖动的双唇不断做出微笑的形状。“就在这儿，我们已经到了，”他能听到监狱长的洪亮话音，监狱长即刻来到门口，他彬彬有礼地用胳膊肘领进来一位穿条纹服的矮胖囚犯，囚犯进来之前先在地毯上驻足，风度翩翩地鞠了一躬。

“请允许我把皮埃尔先生介绍给你，”监狱长用欢快的声调说，“进来，进来，皮埃尔先生。你无法想象我们是多么期盼你的到来——互相认识一下，两位绅士——期待已久的会晤——颇有教育意义的一幕……务请对我们多加宽容，皮埃尔先生，不要挑毛病……”

他甚至不明白他在说什么——他兴奋不已，不时做一些笨拙的怪异小动作，搓手，乐得不知所措。

皮埃尔先生非常冷静镇定，走进囚室，又鞠了一躬，辛辛纳特斯呆板地与他握手，急欲抽回手来，却被对方的小软爪比平常多握了一小会儿——就像一位温和的年长医师有意延长握手时间一样，十分和善，很能开胃——此时他放开了。

皮埃尔先生用喉部发出的悦耳高音说：“终于有机会和你认识，我也非常高兴。恕我不揣冒昧，希望我们彼此不断加深了解。”

“说得好，说得好，”监狱长声大如雷，“噢，请，请坐……别客气……你的同事能在这里见到你，高兴得不知说什么好了。”

皮埃尔先生落座，这一下可看得一清二楚，他的双脚够不着地面，但这丝毫无碍他的尊严，也不影响自然赐予少数杰出小胖子的独特魅力。他水晶般明亮的眼睛很有礼貌地注视着辛辛纳特斯，此时罗得里格·伊万诺维奇也已经在桌旁坐下来，他傻笑、鼓励，沉醉在快乐之中，看看这一位，望望那一位，以强烈的兴趣跟踪客人的每一句话对辛辛纳特斯所产生的影响。

皮埃尔先生说：“你的长相特别像你的母亲。我本人从来没有机会见到她，但是罗得里格·伊万诺维奇慷慨答应要拿她的照片给我看。”

“乐意效劳，”监狱长说，“我们会给你找一张来。”

皮埃尔先生接着说：“无论如何，除了这个以外，我从小时候起也是个摄影爱好者。现在我三十岁，你呢？”

“他刚好三十，”监狱长说。

“瞧，我猜对了。既然你也有此爱好，我可以给你看看——”

他敏捷地从睡衣的胸部口袋里掏出一个鼓鼓的皮夹子，从里面取出一大叠尺寸最小的家庭快照。他飞快翻阅，像在翻阅一副小纸牌一样。他开始一张一张地把它们摆在桌子上，罗得里格·伊万诺维奇高兴地喊叫着抓起每一张照片，仔细端详良久，时而继续慢悠悠地欣赏手中的快照，时而伸手去抓下一张，把原来的一张传给别人看——尽管在场的人全都沉默不动。照片上尽是皮埃尔的形象，皮埃尔的各种不同姿态——有的在花园里，手里拿着一个特大西红柿，有的是半拉子屁股坐在栏杆上（侧面照，抽烟斗），有的是躺在摇椅上看书，旁边有一只玻璃杯和一根吸管……

“好极了，太棒了，”罗得里格·伊万诺维奇大加赞叹，肆意奉承，摇头晃脑，尽情欣赏每一张照片，或者同时拿着两张照片，这张看完看那张。“喔哟哟，这张照片上你的二头肌真够发达！谁能想到——你的体形如此优美。简直无与伦比！噢，这张太可爱了——跟小鸟说话！”

“那是宠物，”皮埃尔先生说。

“真是太妙了！你知道什么……还有这一张……吃西瓜，天啊！”

“是的，”皮埃尔先生说，“那些你都看过了。这里还有一些。”

“太漂亮了，真的。把另外那一批拿过来——他还没看过呢……”

“这是我用三只苹果玩杂耍，”皮埃尔先生说。

“太了不起了！”监狱长鼓动舌头说。

“这是吃早饭的照片，”皮埃尔先生说，“这是我，那是我已故的父亲。”

“对，对，我当然认得出来……多么高贵的额头！”

“这是在斯特罗普河的河岸上，”皮埃尔先生说。“你到过那里吗？”他转向辛辛纳特斯问。

“我看他没去过，”罗得里格·伊万诺维奇答道。“还有这一张是在哪里拍的？瞧这件小外套多么精美！要不要我把实话告诉你，这一张你显得比较老。等一等，我还要再看那一张，拿喷壶的那一张。”

“好啦……我带来的就这些了，”皮埃尔说，接着又对辛辛纳特斯说：“要是我早知道你的兴趣如此浓厚，我会多带一些来的——我有十几本相册呢。”

“太好了，妙极了，”罗得里格·伊万诺维奇重复道，用一条淡紫色的手帕擦着眼睛，因为不断傻笑和高兴喊叫，双眼湿润了。

皮埃尔先生把照片收拾好，装回皮夹子里。他的手中突然出现一副纸牌。

“你们想好一张牌，请，任何牌都可以，”他边说边把纸牌在桌子上摆开。他用胳膊肘把烟灰缸推到一边，继续排列纸牌。

“我们已经想好一张了，”监狱长兴高采烈地说。

皮埃尔先生做了些神秘动作之后，把食指放到前额上，然后迅速地把桌上的纸牌收起来，巧妙地把纸牌弄得噼噼啪啪响，突然抛出一张黑桃三。

“太神奇了，”监狱长大叫起来，“真是太神奇了！”

那副纸牌突然消失，跟刚才的出现一样突然。皮埃尔先生沉着地做了个苦相说：“有位小老太婆找医生说，‘我患了一种可怕的病，医生先生，’她说，‘我非常害怕因此致死……’‘你有什么症状？’‘我的头摇个不停，医生先生，’”皮埃尔先生模仿小老太婆的样子，一边咕咕哝哝说个不停，一边摇头不止。

罗得里格·伊万诺维奇爆发出放荡的欢笑，用拳头砸桌子，差点从椅子上掉下来，然后是一阵咳嗽，一声呻吟，费了好大劲才重新控制住自己的情绪。

“皮埃尔先生，你是我们中间的活宝，”他说，眼泪还在不住地掉，“的确是我们中间的活宝！我这一生还从来没有听过这样滑稽的故事！”

“我们实在太忧郁，太愁苦了，”皮埃尔先生对辛辛纳特斯说，噘出嘴唇，好像是在逗一个生气的小孩发笑。“我们保持纹丝不动，可是我们的小胡子不停抖动，我们颈部的静脉在跳动，我们的小眼睛泪水模糊……”

“这都是因为高兴的，”监狱长迅速插话，“别在意。”

“对，这的确是一个开心的日子，一个有特殊意义的日子，”皮埃尔先生说，“我自己也激动不已……我不想吹牛，但是在我身上，亲爱的同事，你会发现外在的好交际与内在的矜持、侃侃而谈的艺术与保持沉默、戏谑与严肃的罕见结合——谁能安慰啜泣的婴儿，并把他破损的玩具重新粘好？皮埃尔先生。谁能为一位可怜的寡妇斡旋？皮埃尔先生。谁能提出清醒的建议，谁能推荐一种药物，谁能带来好消息？谁？谁？皮埃尔先生。无论什么事情，皮埃尔先生都能搞定。”

“真了不起，难得的天才！”监狱长大叫起来，好像他刚才听到的是一首诗，但是他眉头紧锁底下的双眼始终注视着辛辛纳特斯。

“因此，我认为，”皮埃尔先生继续说，“嗯，对了，顺便问一下，”他打断自己的话，“你对自己的住处满意吗？你晚上不冷吗？他们给你足够的东西吃吗？”

“他吃的和我一样，”罗得里格·伊万诺维奇答道，“伙食好极了。”

“上船啰，”皮埃尔先生说了句俏皮话。

监狱长正准备再次大叫起来，但就在此时门开了，愁容满面、又瘦又高的图书管理员腋下夹着一叠书来了，脖子上缠一条羊毛围巾。他没有和任何人打招呼，径直把书撂在床上，刹那间，由灰尘组成的这些书的立体幻影仍悬在空中，它们悬浮着、抖动着，散开去。

“等一等，”罗得里格·伊万诺维奇说，“我看你们一定还没有见过面。”

图书管理员点头，并未正视对方，而讲究礼貌的皮埃尔先生已经从椅子上站起来了。

“请，皮埃尔先生，”监狱长乞求道，把一只手放在衬衫前面，“请你表演一下绝招给他看！”

“噢，那不值一提——真的算不得什么，”皮埃尔先生谦逊地说，可是监狱长不依不饶：

“那是奇迹！惊天魔法！我们大家求你了！哟，你就为我们表演……等等，等一会儿，”图书管理员已经迈步向门口走去，监狱长冲他喊道。“等一会儿，皮埃尔先生要给你露一手。请你别走！别走……”

“你想好一张牌，”皮埃尔先生假装严肃地宣告。洗完牌后，他抛出黑桃五。

“不对，”图书管理员说完离开了。

皮埃尔先生耸动一只小圆肩。

“我马上就回来，”监狱长咕哝着也出去了。

辛辛纳特斯和他的客人单独留下来。

辛辛纳特斯打开一本书，专心阅读起来，实际上是反反复复不断地看第一个句子。皮埃尔先生脸带和善的微笑望着他，一只小手放在桌上，手掌向上，像是要主动与辛辛纳特斯修好的样子。监狱长回来了，手中紧紧抓着一条羊毛围巾。

“也许你用得上它，皮埃尔先生，”他说，接着便递过围巾，坐下，像马一样直喘粗气，开始仔细检查自己的拇指，发现指甲已裂开一半，末端突出，像一把小镰刀。

“刚才我们谈什么来着？”皮埃尔先生机敏圆通过人，高声说道，仿佛什么事情也没有发生过。“对了，我们刚才讨论的是照片。找个时间我把照相机带来，给你们拍照。蛮有趣的。你在读什么？可以让我看一看吗？”

“你应该把书放在一边，”监狱长用愤怒的刺耳声调说，“你毕竟有客人嘛，怎么能这样呢？”

“噢，让他去吧，”皮埃尔先生微笑着说。

一阵静默。

“时光不早了，”监狱长看过手表后说。

“没错，我们这就走……天啊，还在耍小脾气呢……瞧他，他的小嘴唇在颤抖……现在太阳随时可能从云层后面露出来……耍脾气，耍脾气！……”

“咱们走吧，”监狱长站起来说。

“等一等……我太喜欢这个地方，实在舍不得离开……不管怎样，我亲爱的邻居，只要你允许，我会经常来拜访你，经常——当然必须得到你的许可——你会同意的，对不？……那就再见吧。再见！再见！”

皮埃尔先生幽默地模仿某人鞠了一躬，退出去了，监狱长再次挽着他的胳膊肘，发出心满意足的鼻音。他们走了，但最后还是听到了他说话的声音：“对不起，我有东西忘在那里了，我很快就会赶上你的，”监狱长飞也似地赶回囚室。他走近辛辛纳特斯，气得发紫的脸上顿时没了笑容：“我很难为情，”他从牙缝里挤出声音来，“为你难为情。你的表现就像……我就来，我就来了，”他高声喊叫，脸上又堆起了笑容。他随即从桌上抓起牡丹花瓶，离开囚室时边走边溅出水来。

辛辛纳特斯始终盯着书本。一滴水溅到了书页上。透过水滴，有几个字母从八点活字变成了十二点活字，像是上面放了阅读用放大镜，字体变大起来。

八

（削铅笔，有些人朝里削，像削马铃薯；另有些人朝外削，像削棍子……罗迪恩属于后一种。他有一把旧袖珍折刀，上面有几刃刀片和一个螺丝起子。螺丝起子紧贴在外侧。）

“今天是第八天，”（辛辛纳特斯用铅笔写道，铅笔已短了三分之一多）“我不但还活着，也就是说，我的自我之框仍在约束我的生命，使之暗淡无光，但是和其他任何人一样，我不知道自己什么时候会死，因而一个适用于每个人的公式也可以用在我身上：未来时日之多寡与其理论上的遥遥无期成反比递减。当然就我当前的处境，出于谨慎，只能以很小的数目来考虑问题——但这没关系，这没关系——我还活着。昨天晚上我有一种奇异的感觉——这已经不是头一次了——：我一层一层地脱去衣服，直到最后……我不知道该如何描绘它，但是我知道这样一个道理：在逐渐脱去衣服的过程中，终于到了那看不见的、毋庸置疑的、光辉灿烂的时刻：我活着！像一枚珍珠戒指镶嵌在鲨鱼血淋淋的脂肪里——啊，我永恒的，我永恒的……能享有这一时刻我已心满意足——实际上已不再需要任何别的东西。也许作为下世纪的公民，一位提前到来的客人（女主人尚未出现），也许在一个令人目瞪口呆、毫无希望却又欢呼雀跃的世界上，这只是一种寻欢作乐的怪异现象，我过的是一种极其痛苦的生活，我要把我的痛苦描绘出来给你看——但是我有一种恐惧，担心时间不够。就我对自己的记忆所及——我对自己的记忆达到目无法纪的清晰程度，我的同谋就是我自己，知道得太多，因此就很危险。我从极度的黑暗中出来，我像陀螺一样旋转着，推动力如此之大，火舌如此凶猛，直到今天我有时还感觉到（有时在睡梦中，有时沉浸在很热的水里）我那头一次心的激烈跳荡，那刻骨铭心的第一次亲密接触，那是我的“自我”的主要动力。我扭动着爬出来，滑溜溜的，一丝不挂！对，是从一个别人不得其门而入的禁区里爬出来，没错。我有所知，对……但即使是现在，当一切都已成为过去，即使现在——我还是担心自己会腐蚀他人？也许我想到说的内容不会产生任何后果，其惟一的痕迹只是被扼杀的文字的残骸，像被绞死的人……黄昏时分伽马和动名词的轮廓，该受绞刑的人——我看我宁愿选择绳子，因为我知道，使用斧头是官方的决定，已不可改变。赢得一点时间，时间，现在对我来说极为宝贵，因此珍惜每一次暂缓，每一次延期……我指的是用于思考的时间，其间我的思想得到休假，可以在事实和幻想之间自由来回驰骋……除此之外，我想的还有很多，可是缺乏写作技巧、匆忙、激动、衰弱……我有所知，我确实有所知。但是要把它表达出来却很难！不，我不能……我想放弃——但是又有一种心潮澎湃并且渐趋强烈的感觉，一种心里痒痒的感觉，如果不用某种方式把它表现出来，你可能会发疯。啊，不，我不能幸灾乐祸地审视我自己，我不能在一个黑暗的房间里与自己的灵魂作殊死搏斗。我没有任何欲望，惟表现自我的欲望除外——不顾整个世界的缄默。我惊恐万状。因恐怖而心烦意乱。但是谁也不能让我离开我自己。我深受惊吓——此时我正在失去某种线索，刚才这条线索还牢牢抓在我手里。它在何处？它已从我手中溜走！我面对纸张浑身发抖，咬穿铅笔直至铅芯，弓起身子隐藏自己，不让门外的人看到，那里有锐利的目光盯视着我的后颈，仿佛我马上就要把一切揉成团，把一切全都撕碎。由于阴差阳错我才来到这里——不是特指在这要塞里——而是指这整个可怕的醉醺醺的世界，如果它是蹩脚的工匠之作，似乎倒还并不坏，但实际上它是灾难、恐怖、疯狂、错误——瞧，古董杀害游客，雕刻巨熊抡起大头锤向我砸过来。然而，从孩提时代早期开始，我就有各种各样的梦……在我的梦中，世界是崇高的、纯洁的。我十分惧怕的处于清醒状态的人在梦中仿佛在闪光折射，仿佛他们被抖动的光所充满所包围，在闷热的天气里，这种抖动的光能产生出有生命物体的轮廓来。他们的声音，他们的脚步，他们的眼睛甚至他们的衣服的表情——都有了令人兴奋的意义。说得更简单些，在我的梦中，世界活起来了，变得极为迷人地崇高、自由和微妙，以后再吸入这种虚伪生活的灰尘会觉得无法忍受。但我早已习惯于认为我们称之为梦的东西乃是一种半现实，有可能变为现实，是对现实的一种预见及其端倪初露；也就是说，它们以一种非常模糊、稀释的状态容纳比我们自夸的清醒生活更多的纯现实，反过来，我们的清醒生活其实是半睡眠状态，是一种邪恶的昏昏欲睡状态，真实世界的声音和景观以怪异的伪装渗入其中，流到思想的范围之外去——因为树枝刮擦到窗玻璃，你在睡梦中就听到可怕阴险的故事，因为你的毛毯滑落，你就看到自己陷入雪中。可是我十分害怕苏醒过来！我十分害怕那一瞬间，或者是已经被伐木工的呼噜声打断的更加短暂的一瞬间——但究竟有什么好怕的呢？对我来说不就是一把利斧的阴影吗？我就不能以另一个世界的耳朵来听那通向灭亡的有力呼噜声吗？我依然害怕！要一气呵成把它写下来绝非易事。让我的思想不断被吸入未来的深穴也不好——我要考虑别的事情，澄清其他的东西……但是我写的文字既晦涩又软弱无力，就像普希金笔下抒情诗式的决斗者。很快我就想到，我应该在脖子后面长出第三只眼睛，就在我脆弱的脊椎之间：一只疯狂的眼，睁得很大，瞳孔不断扩大，光滑的眼球上布有粉红色的血脉。别靠近我！语气更强烈，声音更嘶哑：不许插手！我能预见一切！我的耳边经常响起我注定要发出的啜泣声和刚被斩首者发出的可怕咯咯咳嗽声。但是这一切都不重要，我对梦境和清醒的言论也不重要……等一等！重要的是我再次感觉到我应该真正表达自己，应该迫使词语走投无路。唉，没有人教过我这种围追技术，而与生俱来的古老写作艺术都早已遗忘——被遗忘的是不需要上学，只需要像森林大火那样被熊熊点燃的日子，这种事情在今天看来，似乎同以前的音乐通常是由庞大的钢琴弹出来一样令人难以置信，那音乐或灵巧回荡，或突然把世界劈成微微发光的几大板块——我自己能把这一切描绘得一清二楚，但你不是我，于是便出现了无可挽救的灾难。不知道怎么写，而是凭我有罪的直觉去感受如何把词汇结合在一起，应该怎样做才能使一个普通的词复活起来，同时分享其邻词的光辉、热量和阴影，在邻词中映照出自己，并在此过程中更新邻词，惟有如此，才能使整句话变成活的虹彩。虽然我能感觉到邻词之间存在这种性质，但是我无法驾驭它，然而这又是完成我的任务所不可或缺的，当然不是此时此地的任务。绝非此地！‘此地’太恐怖，是黑暗的地牢，是囚禁不断怒吼的心的地方，这个‘此地’囚禁我限制我。可是彻夜发出光芒的是什么呢，是什么呢——。它的确存在，那是我的梦境，它一定存在，因为既然有拙劣的拷具，就必定有其原本。它朦胧、浑圆、蓝色，慢慢朝我转过身来。就像在一个阴天你仰卧着，双眼紧闭，突然，眼睑底下的黑暗被搅动了，起初慢慢变成懒洋洋的微笑，接着是令人满足的暖洋洋感觉，此时你便知道太阳从云朵后面露出来了。我的世界就是以这样一种感觉开始的：雾蒙蒙的空气逐渐清澈起来，空气中充满了光辉灿烂、震撼人心的和善，我的灵魂在其天赋的王国里自由舒展。——可接下去是什么呢，接下去是什么呢？对，写完这句话后我便失去了控制……词句一提到空中便爆破了，就像那些只在海洋深处的压缩黑暗中呼吸并发光的球状鱼，一被渔网捞上来就炸开来一样。但我还在做最后一次努力——我认为自己已经抓到了猎物……可我的猎物只是一闪即逝的幻影！那里，在那里，人们的目光中闪耀着无与伦比的理解；在那里，在此地备受折磨的怪人可以自由自在不受干扰地漫步；在那里，人们可以随心所欲地塑造时间的形状，像一张有图案的地毯，经过折叠后拼拢在一起，可以使两个图案连接起来——地毯再次铺展开来，你继续生存下去，否则就是把下一个形象加在前一个形象上，永无休止地加上去，就像一个妇女悠闲而专注地挑选配连衣裙的皮带——此时她正朝着我的方向滑过来，双膝有节奏地碰在丝绒连衣裙上，她理解一切，我也理解她……那里，那里有我们在这个世界上漫游、躲藏的公园的原型；那里的一切以其迷人的特征和完美无瑕的简约，给人以深刻的印象；那里的一切能愉悦你的灵魂，一切都充满童趣；那里，闪光的镜子不时把偶然的映像送到这里……我的话词不达意，不很准确，我把什么都混淆在一起了，一事无成，一派胡言；我在多沙的海底摸索我看到的一丝微光，但我在水里越是使劲到处搜寻，水就变得越浑，我抓到它的可能性也就越小。不，我什么都还没有说过，或者只说了些迂腐不堪的话……到头来，合乎逻辑的结果是放弃，如果我是在为今天的一位读者而费力写作，我真的会放弃，但是因为世界上没有一个人会说我的语言；说得更简单些，没有一个人会说话；说得再简单些，没有一个人。我必须先考虑自己，考虑敦促我表达自己的那股力量。我很冷、羸弱、恐惧，我的后脑勺在眨眼，在畏缩，并再次以疯狂的强度注视着，但是无论如何挣扎，我还是被拴在这张桌子上，就像一只杯子被拴在一台喷水式饮水器上，我没有说完自己想说的话，不会站起来。我重复（在重复式咒语的节奏中积聚新的动力），我重复：有些东西我知道，有些东西我知道，有些东西……孩提时代，还住在淡黄色、又大又冷的屋子里的时候，他们就想把我和千百个其他儿童培养成可靠的虚无人，培养成活死人，我所有的同龄人既不挣扎也无痛苦就实现了这一转变。当时在那些糟透了的日子里，在用布裱装的儿童读物中，在漆得很光亮的学校用具和令人毛骨悚然的图样中，我就已经不加理解地知道了一些东西，我不加怀疑地知道了一些东西，就像了解自己一样简单，我知道了不可能知道的东西——可以说，我当时知道的比现在还清楚。因为生活已经使我精疲力竭：持续的忧虑，隐藏我之所知，伪装，恐惧，痛苦地绷紧自己的全部神经——既不放松，也不张扬……甚至直到今天，我的记忆中记录这种最初自我克制的那一部分仍然使我感到心头作痛，也就是当我最初明白我认为很自然的事情实际上是被禁止的，不可能的，甚至一时想及都是有罪的。那一天的情景我仍记忆犹新！我一定是刚学会写字母，因为我还记得自己的第五手指戴着一枚小小的铜戒指，那是赏给已经学会把学校花园里花坛上的字母模型临摹下来的孩子的，花坛上的矮牵牛、福禄考和万寿菊拼写出冗长乏味的格言。我双脚悬空坐在矮窗台上，俯视我的同学们在玩耍。他们身穿和我一样的粉红色长罩衣，手拉手绕着一根饰有缎带的柱子转。为什么把我排除在外呢？是惩罚吗？不。是别的孩子不让我参加他们的游戏；我和他们一起玩自己感受到的极大尴尬、耻辱和沮丧，使我宁愿选择窗台这一白色僻静处，半开的玻璃窗阴影轮廓清晰地把窗台勾勒出来。我可以听到游戏要求的喊叫声和红头发‘小教员’的刺耳发号施令声；我能看到她的鬈发和眼镜。我看见她不断使劲猛推那些最小的孩子，让他们更快旋转，心中一直充满恶心的恐惧。还有那位老师，条纹柱，白云，太阳不时悄悄从云层背后露出脸来，突然溢出激情的光芒，像是在搜寻什么，这一切全都映照在敞开的窗户明亮的玻璃上……简言之，我感到极度恐惧和悲伤，以至在内心试图湮没自己，放慢速度，悄然退出勉强被拖着走的毫无意义的生活。我坐的窗台下面是一条长廊，就在此时，资源教师出现在走廊末端——我已经记不起他的名字了——体胖，汗臭，胸毛很粗的男人，他正要去洗澡。离我老远，他就冲我喊叫，要我到花园里去，他的声音因走廊产生的音响效果而变得更加洪亮。他很快走近我，手中挥舞着毛巾。我很难过，心不在焉，下意识地，傻傻地，不是顺着楼梯走到花园里去（长廊在三楼），没有考虑自己在干什么，而是单纯顺从行事，甚至是惟命是从，我直接从窗台上跳到仿佛具有弹性的空中——只隐约觉得自己光着脚（尽管我穿着鞋子）——缓慢地、自然地朝前迈大步，同时还心不在焉地吮吸并仔细检查我当天早上被木头碎片扎伤的手指……可是突然间，一阵异乎寻常、震耳欲聋的静寂把我从白日梦中惊醒过来，这时我才看到下面孩子们吓得目瞪口呆，像苍白的雏菊一样仰头望着我，那位小老师似乎在往后退缩。我还看到了经过修剪的一丛丛球状灌木和尚未落到草坪上的毛巾。我还看到我自己，一个穿粉红色罩衣的男孩，定格站立在半空中，转过身则看见我刚跳离的窗户与我的空中距离已有三步之遥。他伸出一只毛茸茸的手臂，脸上露出不怀好意的惊讶——”

（遗憾的是囚室的灯此时灭了——罗迪恩每天晚上总是十点准时关灯。）

九

这一天又以人声嘈杂开始。罗迪恩愁眉苦脸地下达着指令，另有三名随从在协助他。为了会面，马思全家都来了，还带来了他们的全部家具。不是这样，在他的想象中，这次等待已久的见面不是这样……他们十分吃力地走进来！马思的父亲上了年纪，大光头，肿眼袋，黑色拐杖橡胶头点地发出笃笃声响；马思的两个孪生兄弟长得一模一样，惟一的区别是一个金色胡须，另一个黑色胡须；马思的外祖父母老态龙钟，你一眼就能看出他们的身份；然而，三个活泼的表妹不知何故最后关头未能获准入内；马思的孩子——跛脚的迪奥梅唐和肥胖的小波林；最后是马思本人，身穿最漂亮的黑连衣裙，冷白的脖子上系丝绒围巾，手持一面小镜子；身边寸步不离跟着一位体面男士，从侧面看倒也无可挑剔。

岳父倚着拐杖，坐在同时送到的皮椅上，费劲地把一只穿绒面革鞋的脚抬起来放到脚凳上，气愤地直摇头，浓密的睫毛下双目紧盯辛辛纳特斯。辛辛纳特斯看到岳父保暖夹克衫上的青蛙装饰图案，顿时产生出熟悉的麻木感觉。他嘴上的褶皱好像是在表达永恒的厌恶，绷紧鼓起的太阳穴上有一块紫色胎痣，像静脉血管上隆起的一颗大葡萄干。

外祖父和外祖母（一个摇摇晃晃，形容枯槁，穿补丁裤，另一个白发剪短，骨瘦如柴，简直可以装进一只丝质伞套）并排坐在两把一模一样的高背椅上，外祖父一双毛茸茸的小手紧紧抓着他母亲的金框大幅画像，画像中模糊的年轻女性也拿着一幅画像。

与此同时，家具、家庭用具，甚至一堵堵墙壁陆续运达。其中有一个嵌镜子的衣框，同时带来了它自己的隐私映像（即夫妻卧室的一个角落，地板上的一抹阳光，掉在地上的一只手套，远处一扇敞开的门）。一辆配备畸形附件的凄凉小三轮车被推了进来，随后是一张有嵌饰的桌子，十年来桌上一直放着一只扁平的深红色带盖长颈小瓶和一个发夹。马思在她那张绣有玫瑰花图案的黑沙发上坐下来。

“哎哟，哎哟！”岳父唤叹道，用拐杖敲着地板。在场几位老人的脸上露出了惊恐的笑容。“别这样，爸爸，我们经历这种事情已经有上千次了，”马思镇静自若地说，冷漠地耸耸肩。她身边的年轻男士给她递上一条有缘饰的披肩，但是她薄薄的唇角只露出一丝温柔的笑意，挥手把他敏感的手挡开了（“我看男人首先看他的手”）。他身穿电报职员的漂亮黑制服，身上散发出紫罗兰香水味。

“哎哟！”岳父再次大声唉叹，并开始详尽而津津有味地数落起辛辛纳特斯来。辛辛纳特斯的目光被波林的绿色圆点花纹图案连衣裙所吸引：红头发，斜视眼，戴眼镜，那些圆点图案和她那股肥胖劲儿不是引人发笑，而是让人觉得可悲。她的双腿很胖，脚穿棕色羊毛长袜和有搭扣的鞋子，笨拙地走到每个人面前仔细观看，用她那双黑色的小眼睛一声不吭地认真检视，两只小眼睛在鼻梁后面仿佛挤到了一起。这可怜的孩子脖子上还系着一条餐巾——显然是早饭后他们忘记把它摘下来了。

岳父停下来喘口气，又用拐杖敲了一下地面，此时辛辛纳特斯说：“骂得对，我正听着呢。”

“闭嘴，无礼之徒，”岳父喊道，“我有权要求你——今天这个日子，当你站在死神门口的时候——对我有一点点尊重。你是怎么弄到这步田地，就要在铁砧上被砍头的……我要你做出解释——你怎么能……你怎么胆敢……”

马思低声问她那位年轻男士什么事情；他正小心地到处翻找，搜遍自己周围和底下的沙发；“不，不，没什么，”他回答的声音和她一样低，“我一定是在路上掉的……别操心，会找到的……但请你告诉我，你真的不冷吗？”马思摇头表示否定，同时把绵软的手掌放在他的手腕上；她立即又抽回手来，把双膝上的衣裙抚平，并严厉地低声叫她的儿子，他正在纠缠两位舅舅，他们不断把他推开——他闹得他们听不清别人在说什么。迪奥梅唐穿一件灰色罩衣，腰间系松紧带。他有节奏地扭曲整个身体，但还是很快就走完了他们和他母亲之间的距离。他的左腿健康红润；右腿装备复杂，像支来复枪：有枪管、固夹带、挂带。他的眼睛淡褐色，眉毛稀少，像他妈妈，但是脸的下半部，包括叭喇狗一样的下颌，则是另一个人的。“坐这儿，”马思低声说，同时迅速伸出一只手，啪一声抓住了正从沙发上往下滑的小镜子。

“你告诉我，”岳父继续说，“你竟敢，你，有妻子儿女，挺幸福——富丽堂皇的家具，活泼可爱的孩子，满有爱心的妻子——你竟敢不考虑这一切，你这个恶棍？有时我觉得自己是个老傻瓜，什么都不懂，否则我一定会体谅这种令人厌恶……闭嘴！”他大声吼道，老人们又被吓一跳，只好傻笑。

一只黑猫拉直身子，绷紧一只后爪，一跃从辛辛纳特斯腿边擦过，突然跳到餐具柜上，又从那里跳到律师的肩膀上，他刚踮着脚走进来，正要在一个角落里的豪华坐垫上坐下来——他感冒很重，手里拿着备用手帕，正在仔细观察在场的人群和各种家用器物，那些器物把囚室搞得像个拍卖行。猫把他吓一大跳，他用一个猛烈的动作把它摔开。

岳父还在继续大声责骂，诅咒之语无以复加，声音都喊哑了。马思用一只手捂着眼睛，她那位年轻男士下巴肌肉紧绷，注视着她。一张曲背长沙发上坐着马思的兄弟，黑皮肤的一个穿黄褐色套装，敞着衣领，手里拿着卷成管状的五线谱纸，可是纸上却没有乐谱——他是市里最佳歌手之一。他的孪生兄弟穿天蓝色灯笼裤，是个花花公子，但喜欢逗趣，他给姐夫带来一盘蜡制鲜亮水果。他的衣袖上佩戴黑纱，还不断用手指着它，以此吸引辛辛纳特斯的目光。

岳父滔滔不绝的咒骂登峰造极时，喉咙突然梗塞，椅子猛烈扭动，一直站在他身边看着他嘴的文静小波林一下仰跌到椅子后面去，她干脆一动不动躺在那儿，希望没有人注意到她。噼啪一声，岳父开始打开一只香烟盒子。大家全都悄无声息。

被掩盖住的各种声音重新显露出来。马思的黑弟弟清了清嗓子，开始轻声唱起了“Malié trano t'amesti[1]……”。他突然打住，望着他的孪生兄弟，对方死死地看着他，样子很可怕。律师不知在笑什么，注意力又集中到他的手帕上去。坐在沙发上的马思正与陪伴她的男士窃窃私语，男士正在求她披上披肩——监狱里的空气有点潮湿。他们谈话的时候用的是正式的

1　古意大利文，死亡是甜蜜的，这是个秘密。

第二人称复数，这第二人称复数之舟满载着柔情蜜意，沿着他们那几乎听不见的对话之地平线徐徐航行……小老头颤巍巍地从椅子上站起来，把手里的画像交给他的老伴，掩护着像他本人一样颤巍巍的火苗，朝辛辛纳特斯的岳父走去，正要去点他的……但是火苗灭了，后者愤怒地皱起眉头。

“用那样一个蠢笨的打火机，你真成讨厌鬼了。”他阴沉沉地说，但气已经消了。接着，气氛真的活跃起来了，每个人都同时说起话来。“Malié trano t'amesti！”马思的弟弟放声歌唱。“迪奥梅唐，立马把猫放开，”马思说，“前天你已经掐死了一只，一天掐死一只太过分了。维克托，亲爱的，把他手中的猫夺下来。”趁着整体气氛活跃的当儿，波林从椅子背后爬起来，悄悄地站起来。律师走到辛辛纳特斯的岳父跟前，帮他点着了烟。

“接受‘焦虑’这个词，”辛辛纳特斯爱逗趣的内弟对他说，“现在拿掉‘微小’这个词，呃？结果变得很滑稽，对不？是的，朋友，你的确把自己搞得一团糟。到底是什么使你干出这样的事来？”

与此同时，门不知不觉地打开了。皮埃尔先生和监狱长站在门槛上，两个人同样都把双手放在背后勾着。他们不动声色，只是微妙地转动自己的眼球，仔细观察在场的每一个人。

他们站在那里，这样看了一分多钟才离开。

“听我的，”内弟呼吸急促地说，“我是你的老朋友了。照我的话去做。忏悔吧，我的小辛辛纳特斯。照我说的做，给我这个面子。你不知道，他们还有可能放过你。明白吗？想想，自己的脑袋被人家砍掉，是多么不愉快的事情。你有什么可失去的呢？照我说的做——别犯傻了。”

“你好，你好，你好，”律师说着朝辛辛纳特斯走过来。“不要拥抱我，我的感冒还很重。你们刚才谈了些什么？我能帮上什么忙吗？”

“让我过去，”辛辛纳特斯小声说，“我有几句话要对妻子说……”

“好吧，我最亲爱的，咱们讨论一下财产问题，”岳父说，他的精神已经重新振作起来，伸出拐杖，让辛辛纳特斯绊了一跤。“等一等，等一下，我还在对你说话呢！”

辛辛纳特斯继续往前走，他必须绕过一张可以坐十个人的大饭桌，从屏风和衣柜中间挤过去，才能到马思跟前，当时她靠在沙发上。年轻男士已经用披肩盖住她的脚。辛辛纳特斯眼看就走到了，可是就在此时迪奥梅唐突然发出一声愤怒的尖叫。他转过身，看见了埃米，不知道她是怎么进来的，此时正在逗小男孩：她模仿他跛脚，拖着一条腿，做出各种复杂的扭曲动作。辛辛纳特斯抓住她的手臂，但是她挣脱逃走了。波林大摇大摆跟在她后面，心中因充满好奇而窃喜。

马思向他转过身。年轻男士十分得体地站起来。“马思，只说几句话，我求你，”辛辛纳特斯的话说得很快。他被地板上的坐垫绊了一下，别扭地坐在沙发边缘上，同时把沾满灰尘的晨衣裹得更紧些。“她有点偏头痛，”年轻男士说。“你有什么要求？情绪激动对她不好。”“你说得对，”辛辛纳特斯说，“是的，你说得对。我想请你……我应该——私下里——”“对不起，先生，”罗迪恩的声音在他耳边响起。辛辛纳特斯站起来。罗迪恩和另一位雇员互递了一下眼色，抓住马思坐靠的沙发，哼了一声，把它抬起来，向门口扛去。“再见，再见，”马思孩子般喊道，身子随着搬运工的脚步摇晃，但是她突然闭上双眼捂着脸。她的陪伴男士忧心忡忡地跟在她后面，手里拿着他从地板上捡起来的黑披肩、一束花、他的制服帽和孤零零的一只手套。到处混乱一片。两个孪生兄弟正把盘子装进箱里。他们的父亲气喘吁吁，正在拆除分成若干部分的屏风。律师不知从哪里弄来一大张包装纸，到处想塞给人家，人们看见他试图用那张纸把一只装有浑水和一条淡橙色小鱼的小盆包起来，但不成功。在混乱中，大衣柜带着它自己的镜中映像，像一个孕妇站立着，小心地捧着自己的玻璃肚子，不时改变方向，以免有人撞到它。

它往后倾斜着，被人们摇摇晃晃地扛走了。人们纷纷走到辛辛纳特斯面前向他告别。“也罢，过去的事情就让它过去吧，”岳父冷漠而礼貌地说，还按习俗吻了辛辛纳特斯的手。白皮肤的兄弟骑坐在黑皮肤兄弟的双肩上，他俩就用这种姿态向辛辛纳特斯告别且走了，像一座会移动的山。外祖父母抖抖索索，鞠躬，举起模糊的画像。雇员们不断把家具搬走。孩子们过来了：严肃的波林仰起脸，迪奥梅唐则相反，他低头凝视地板。律师分别拉着他们的手，把他们领走了。最后向他跑过来的是埃米，她脸色苍白，脸上有泪痕，鼻子红红的，潮湿的嘴巴抖动着。她一声不吭，但是突然间听到轻微嘎吱一声，她踮起脚尖，用温热的双臂搂着他的脖子，含混不清地低声说了些什么，发出一声响亮的呜咽。罗迪恩抓住她的手腕——从他嘀嘀咕咕抱怨不停看，他一定是叫了她好久。现在他紧紧拽住她，把她拖向门口。她身体往后拱，头发流泻的脑袋转向辛辛纳特斯，手掌朝上的可爱手臂向他伸出（看样子像个芭蕾舞迷，却带有纯粹绝望的阴影），埃米很不情愿地让罗迪恩拖着走。她的眼睛不断往后张望，她的肩带滑落。此时他使劲一扭，像是把一桶水泼出去，一下把她摔到走廊上去。他嘴里依然唠叨不停，拿着一只簸箕回来，收拾平卧在椅子下面的猫尸。门砰的一声重重关上了。现在很难相信，刚才这囚室里还——

一〇

“如果那孤独的小狼崽对我的观点更了解一些，他就不会再回避我了。然而，事态确已取得了一定进展，对此我衷心表示欢迎，”皮埃尔先生说，他像往常一样坐在桌子一侧，肥胖的小腿肚紧密地交叉在一起，一只手在油布上像是弹拨着无声的琴弦。辛辛纳特斯用一只手支着脑袋，躺在床上。

“现在只有我们两个人，天又下着雨，”皮埃尔先生接着说，“亲密无间地闲聊，这种天气是最理想的了。咱们就一次彻底谈透吧……我得到的印象是，管理部门对我的态度使你感到吃惊，甚至愤怒，似乎我处于特权地位——不，不，你先别争辩，让我们把话全说出来。请允许我告诉你两件事。你知道我们那位亲爱的监狱长吧（顺便提一下，小狼崽对他不完全公平，但是关于这一点我们留待以后再谈），你知道他有多敏感，多热情，多么容易为每一种新奇事物而着迷——我看你刚来那几天他一定也对你着过迷，因此，他现在对我燃起热情，你不必感到难受。咱们都别嫉妒，我的朋友。其次，也真够奇怪的，你显然还不知道我是为什么进来的，可是我一旦告诉你，很多事情你就都明白了。对不起，你脖子上那是什么东西——就在这儿，这儿——对，就是这儿。”

“哪儿？”辛辛纳特斯毫无表情地问，同时摸了摸自己的颈椎骨。

皮埃尔先生走到他身边，坐在床缘上。“就是这儿，”他说，“但是现在我看清了，只是一块阴影。我还以为我看到的……一个什么水肿块。你转头的时候好像有些不舒服。痛吗？你受凉了吗？”

“噢，你就别再纠缠我了，行吗？”辛辛纳特斯伤心地说。

“不，就一下子，我的手很干净——让我摸摸这里。它好像，毕竟……这里疼吗？这里呢？”

他用肌肉发达的小手迅速地触摸辛辛纳特斯的颈部，仔细进行检查，呼哧呼哧的鼻息声隐约可闻。

“没事，没事，一切正常，”最后他说，移动身子，轻轻拍了拍病人的后颈——“只是你的脖子实在太细——除此之外一切正常，只是有时候，你知道……让我看看你的舌头。舌头是胃的镜子。盖好，盖好，这里面挺凉的。刚才我们聊什么来着？给我提个醒。”

“如果你真关心我的健康，”辛辛纳特斯说，“你就别打扰我。请你走开。”

“你的意思是真的不想听我要说的话，”皮埃尔先生用微笑表示反对，“你真那么固执地坚信自己的结论绝对可靠——我不知道的结论——请注意这一点，不知道的。”

辛辛纳特斯非常伤心，一言不发。

“但是请允许我告诉你，”皮埃尔先生仍保持一定的严肃性继续说，“我的罪恶属于什么性质。我被指控——无论公正与否，那是另一回事——我被指控……犯了什么罪，你猜猜？”

“别卖关子了，痛痛快快说出来，”辛辛纳特斯沮丧地叹了口气说。

“说出来你会大吃一惊。我被指控试图……噢，忘恩负义、背信弃义的朋友……我被指控试图帮助你越狱逃跑。”

“这是真的吗？”辛辛纳特斯问。

“我从不撒谎，”皮埃尔先生神情极为郑重地说，“也许有时候人是应该撒谎的——那是另一回事——也许如此诚信很傻，到头来没有好下场——情况可能的确如此。但事实毕竟是事实，我从不撒谎。我终于进来了，我的好朋友，都是为了你。我是在夜里被捕的。在何处？就算是在上埃尔德贝里吧。对，我是埃尔德贝里人。那里有制盐厂和果园。如果你想来看我，我会请你尝尝我们的接骨木果实（对此双关语[1]我不承担任何责任——它出现在我们的市标上）。瞧——不是在市标里，而是在监狱里——你恭顺的奴仆在那里待了三天。然后就把我转到这里来了。”

“你是说你曾经想救我……”辛辛纳特斯忧虑地说。

“我是否想过要救你，那是我的事，我心上的朋友，壁炉底下的蟑螂。不管怎么说，我被指控的就是这个罪名——你要知道，告密的是一个年轻鲁莽的杂种，于是我就进来了：‘我痴迷地站在你面前……’——记得这首歌吗？指控我的主要证据是这座要塞的某张草图，据说上面有我留下的印记。你看，他们认定我已经设计好你逃跑的每一个细节，我的小蟑螂。”

“他们认定你，还是……？”辛辛纳特斯问。

“他是多么天真可爱的小虫！”皮埃尔先生咧嘴而笑，露出许多牙齿。“他希望一切都十分简单——可是天啊，现实生活从来不是如此！”

“可我还是想知道，”辛辛纳特斯说。

“什么？我的法官们是否正确？我是否真的策划要营救你？真丢脸，真丢脸……”

---

1 作者杜撰的地名原文为 Elderburry，而这个词同时又有接骨木（一种植物）的意思，故有双关之说。

“这么说是真的啦？”辛辛纳特斯低声说。

皮埃尔先生站起来，开始在囚室里兜圈子。“咱们先放下这个话题，”他顺从地说，“你自己判断吧，多疑的朋友。非此即彼，但是因为你，我进来了。我还要告诉你：我们还将一起上断头台。”

他以无声、轻快的脚步继续在囚室里兜圈子，他身着囚服，身体的柔软部分轻微抖动着，辛辛纳特斯用沮丧的目光注视着这位灵巧的胖子跨出的每一步。

“就为好玩，我相信你，”辛辛纳特斯最后说，“我们不妨看看此事会是什么结果。你听着，我相信你。为了更具说服力，我甚至向你表示感谢。”

“噢，何苦来着——没有必要……”皮埃尔先生说，重新在桌旁坐下来。“我只是想让你对情况有所了解。这下好了，我们都把心头的重负倾吐出来了，对不？我对你不了解，但是我想哭。这是一种良好的感觉。哭出来，有益健康的泪水就让它尽情地流吧。”

“这个地方实在糟透了，”辛辛纳特斯小心翼翼地说。

“倒也谈不上有多糟。顺便说一句，对于你对这里生活的态度，我早就想提出责备了。别，别，别转过脸去，允许我，作为一个朋友……你既对我们的好人罗迪恩不公平，更重要的是对监狱长阁下也不公平。没错——他不是很聪明，有点爱炫耀，有些轻率——他不反对发表演说——这些都是实情，我本人有时候也不喜欢他，当然也就不能与他分享内心深处的想法，像你我之间这样，尤其是当我的心灵——请原谅我使用这个字眼——痛苦时。但是无论他有什么缺点，他是个坦率、诚实、善良的人。是的，是个难得的善良人——你先别争辩——如果我不了解，我就不会这样说，我从不说无根据的话，我的经历比你丰富，对生活和人的理解比你更深刻。因此，当我看到你以残酷的冷漠、傲慢的轻蔑把罗得里格·伊万诺维奇拒之于千里之外时，就觉得特别痛心。有时我能从他的眼中看出这种痛苦来……说到罗迪恩，他表面上粗暴，其实内心像大小孩一样敦厚，你这么聪明，怎么就看不出来呢？噢，我知道你精神紧张，你性饥渴——别动，辛辛纳特斯——你会原谅我的，但是你那样不对，完全不对……总的说来，你看不起别人……你几乎不碰我们给你送来的美餐。好吧，就算你不喜欢那些食品吧——相信我的话，我也懂一点美食学——可是你表现出不屑一顾，你要知道那饭菜是人做的，有人干得很辛苦……我知道，这里的生活有时显得枯燥乏味，你想出去散散步或嬉闹一番——可是你为什么只考虑自己，只考虑自己的欲望，可亲又可悲的罗得里格·伊万诺维奇挖空心思给你讲些小笑话，你为什么一次都不笑？……事后他可能哭泣，可能夜里睡不着觉……”

“不管怎么说，你的答辩的确很巧妙，”辛辛纳特斯说，“但我是个玩偶专家。我不会退让。”

“真令人遗憾，”皮埃尔先生用受到伤害的口吻说，“我认为这应归咎于你的年轻，”他稍一停顿后又补充说。“不，不，你不应该如此不公……”

“告诉我，”辛辛纳特斯问，“他们也把你蒙在鼓里吗？关键人物刽子手还没来？砍头集会不是定在明天？”

“你不应该使用这样的字眼，”皮埃尔先生神秘兮兮地说，“尤其不应该用这种腔调……其中有几分粗鄙，有失绅士风度。你怎么会说出这种话来——真让我感到吃惊……”

“请你告诉我，到底是什么时候？”辛辛纳特斯问。

“如期进行，”皮埃尔先生闪烁其词地说，“为什么如此一个劲地傻好奇？一般说来……不，你还有很多东西要学——这样下去是不行的。如此傲慢，还有先入之见……”

“可是他们也真能拖拉……”辛辛纳特斯困倦地说。“对此我当然也会逐渐习惯……一天又一天，你的心灵随时准备着——他们也还是会让你措手不及。十天就这样过去了，我还没有发疯。当然也总还是心存希望……模模糊糊，像在水下，因此更具魅力。你说到了逃跑……我看，我猜测，与此事有关的还有另一个人……有些迹象……但如果这只是一个骗局，是模仿一副人脸编造出来的东西……"

"这就奇怪了，"皮埃尔先生说，"这些希望是什么，这位救星又会是谁呢？"

"想象呗，"辛辛纳特斯回答，"还有你——你想逃跑吗？"

"你说的'逃跑'是什么意思？逃到哪里去？"皮埃尔先生惊讶地问。

辛辛纳特斯又是叹气。

"逃到哪里又有什么区别呢？我们可能，你和我……可是我不知道，你这样的体态能否跑得快。你的腿……"

"得啦，得啦，这都是些什么胡说八道？"皮埃尔说，在椅子上扭动着身体。"只有在童话里才有越狱这一说。至于你想对我的体态妄加评论，你还是不要说出来为好。"

"我想睡觉，"辛辛纳特斯说。

皮埃尔先生挽起右袖，露出一个文身。在白得出奇的皮肤下，他的肌肉隆起，似乎还会滚动。他摆出一副纹丝不动的架势，用一只手抓住椅子，把它反转过来，并开始慢慢举起。他因用力身体有些摇晃，但他还是把它举过头顶，然后慢慢放下来。这只是他的一个准备运动。

他掩盖起自己的气喘，用一条红手帕擦着双手，擦了好久也很仔细。与此同时，马戏团家族中最年轻的成员蜘蛛在它的网上表演了一个简单的技巧。

皮埃尔先生把手帕扔给他，用法语惊叫一声，突然倒立起来。他的圆脑袋渐渐充满了美丽的红润血色。他的左裤腿往下滑，脚踝露了出来。他颠倒的眼睛——任何人在这种姿态下都是如此——看上去像章鱼眼。

“这一手怎么样？”他问，双脚重新站立在地上，把自己的衣服整理好。走廊上传来一阵掌声。接着，小丑开始单独鼓掌，同时轻巧灵便地走动着——直至撞在了栏杆上。

“怎么样？”皮埃尔先生重复道。“我的力气如何？我的敏捷程度还可以吗？或者你还没有看够？”

皮埃尔先生一纵身跳上了桌子，倒立起来，用牙齿咬住了椅背。音乐突然停止，气氛令人窒息。皮埃尔先生用牙齿紧紧咬住椅子，把它举了起来。他的肌肉在抖动，他的下颌嘎吱嘎吱响。

门轻轻打开，进来的是——脚蹬长靴，手执皮鞭，脸上搽粉，在令人目眩的聚光灯紫光照耀下——马戏团团长。“太棒了，独特的表演！”他低声说，摘下黑色高顶大礼帽，在辛辛纳特斯身边坐下来。

什么东西突然松动，皮埃尔先生把嘴里的椅子松开，一个筋斗翻下来，重新站在地板上。但是显然并非一切顺利。他马上用手帕捂住自己的嘴，往桌子底下迅速扫了一眼，然后认真检查椅子，突然发现了他要找的东西，气得差点骂出声来，使劲想把他那嵌入椅背的带铰链托牙拔出来。托牙上的假牙尽露，十分抢眼，像斗牛犬的牙齿一样紧紧地咬在椅背上。在此重要关头，皮埃尔先生不慌不乱，抱起椅子就走。

罗得里格·伊万诺维奇什么也没注意到，却拼命地在鼓掌。然而，表演场地上仍然空荡荡。他用疑惑的目光望着辛辛纳特斯，又拍了几下掌，但已失去了先前的热情，略显吃惊，显然颇感沮丧，离开了包厢。

演出就这样结束了。

一一

现在报纸已经不再送到囚室来了：辛辛纳特斯注意到，可能与处决有关的一切消息都被剪掉了，于是主动提出不看报纸了。早餐变得更简单了：巧克力饮料——尽管质量不佳——已被漂着几片茶叶的某种液体所取代，烤面包很硬，咬不透。罗迪恩毫不讳言，伺候这样一位沉默寡言而又喜欢挑剔的囚犯，他已经厌烦极了。

他故意把在囚室里服务的时间拖得越来越长。他那火红的胡子，透出愚蠢的蔚蓝色眼睛，皮围裙，爪子一样的手——这一切不断重复出现，积累起来产生一种令人抑郁厌恶的印象，于是当他在打扫卫生的时候，辛辛纳特斯便扭头面壁。

今天的情况也是如此——惟有那把椅子的归还给这一天的开端增添了明显的特色，椅子直背顶端留有深深的斗牛犬的牙印。罗迪恩搬回椅子的同时，还带来皮埃尔先生写的一张便条，羊毛般卷曲的字体，典雅的标点符号，签名像七幕舞剧中的舞姿。他的邻居用诙谐和善的词句就昨天的友好闲聊向他表示感谢，并表示希望不久能有机会再聊。“我可以向你保证，”

便条最后写道，“我的体格非常非常健壮（用直尺在下面划了两条线），如果你还是不相信，我很乐意在某个时候再为你做些有趣（下面划线）的表演，以显示我的敏捷和惊人的肌肉发达程度。”

此后，有两个小时，辛辛纳特斯不易觉察地陷入一阵阵忧伤的麻木之中，一会儿抓抓胡子，一会儿快速翻动书页，在囚室里兜着圈子。此时他已对囚室做完极为精确的研究——可以说，他对囚室的了解远远超过他对自己住过多年的房间的了解。

就拿墙壁的情况来说吧：它们的数目不会改变，总是四，清一色被漆成黄色，但是因为墙上有阴影，白天从窗户透进来的明亮赭色反射光斑不断变换位置，在它的映衬下，墙壁的基本色调似乎显得阴暗而均匀，实际上就像泥土的颜色。在光照中，深黄色油漆的所有小隆起都能看得出来——甚至是漆刷上的毛交叉涂过留下的描摹波形曲线——还有早上十点钟宝贵的阳光平行四边形才能映照出来的熟悉的乱涂乱画。

一股凉气从暗淡的石头地板上顺着脚跟慢慢爬上来。略凹的天花板某处有一个落后简陋的小灯罩，其中央有一盏灯（用铁丝围住）——不，不是正中央。那是令人难受又很刺眼的一个瑕疵——从这个意义上说，漆铁门时油漆没有刷遍整个门也同样令人难受。

在三件家具中——床、桌、椅——只有最后一件是可以移动的。蜘蛛也能动。上方，营养良好的小动物已经找到了几个支点，织起了一张一流的网，其智慧不亚于马思，她能在表面上最不合适的角落找到把衣服挂出去晾晒的地点和方法。蜘蛛的爪子折叠着，让毛茸茸的肘部从体侧露出来，它那淡褐色的圆眼睛凝视着拿着铅笔指向它的手，开始向后退，但眼睛始终盯着那只手。然而，它最急切的还是想捉一只苍蝇，或是停在罗迪恩大手指上的一只飞蛾——例如，此时蜘蛛网的西南角就挂着一只蝴蝶的一片后翅，颜色鲜红，有柔软光洁的明暗变化，其呈钝锯齿状的边缘上分布着蓝色的菱形图案。它在微风中轻轻地摆动着。

墙上的字迹已经被擦掉了。那些监狱规则也同样不见了。装有洞穴水，深处能激起回响的古老瓦罐也被拿走了——也可能是被打破了。整个房间空荡荡，很可怕，很阴冷，等候室——办公厅、医院或其他什么场所的等候室——的中性特征压倒了监狱的特点——时近黄昏，耳边只能听到嗡嗡声……这种等待产生的恐怖与天花板的中心定位错误有着某种联系。

图书馆的书，用黑色制鞋皮装帧，放在桌上，桌上铺花格子油布已经有一段时间了。细细的铅笔已经变短，且被咬得遍体鳞伤，搁在胡乱涂写的纸页上，纸页堆得像玩具风车。桌上还扔着一封给马思的信，那是前天辛辛纳特斯写的，也就是见面后的一天：但是他下不了决心把它寄出去，因此就让它闲置在桌上，好像是在期待它能自己去完成使命，他的思想摇摆不定，同时又缺乏另一种环境气氛，根本无法完成这一使命。

现在要谈的话题是辛辛纳特斯的宝贵品质，他肉身的不完整性，他的大部分肉身在一个很不相同的地方，只有很小一部分在这里游荡，困惑—— 一个可怜而模糊的辛辛纳特斯，一个相对蠢笨的辛辛纳特斯，像睡梦中的人一样轻信，脆弱，可笑。但是即使处于这种睡眠状态中，他的真实生活——仍然，仍然——暴露过多。

辛辛纳特斯的脸变得很苍白，近乎透明，长着茸毛的双颊凹陷，胡须毛质柔软，看上去像是上唇有一抹凌乱的阳光。尽管辛辛纳特斯历尽磨难，他那张小脸依然显得年轻，游移的眼神，明暗不断变化的眼睛。至于他脸上的表情，用他周围环境的标准来衡量，是绝对不可接受的，尤其是此时，他已经不再掩饰自己。衬衫敞开着，黑色晨衣不断飘起，小脚穿大拖鞋，头顶戴哲学家的无檐便帽，波纹（毕竟不知从哪里吹来一阵风！）从他太阳穴上的透明毛发中贯穿而过，构成一幅完整的图画，其下流的意涵难以言表——实际上它是由上千个不引人注目又互相重叠的细部组成的：淡淡的嘴唇轮廓，似乎并未充分画出来，而只是由一位最高明的大师点了一笔；尚未画上阴影的空手的抖动；充满生机的双眼中光线的聚散；但是即使对这一切进行认真分析和研究，还是无法充分解释辛辛纳特斯：就像他生命的一面悄然进入另一维，就像一棵树的复杂枝叶从阴暗转为明亮，因此你无法区分从淹没状态进入不同性质的闪光状态是从哪里开始的。似乎任何一个时刻都有可能，就在辛辛纳特斯在随意制造出来的囚室的有限空间里来回走动的过程中，他会以自然轻松的步伐悄悄穿过空气的漏洞，进入陌生的走廊，并在那里消失，其过程之平顺如同一面被旋转的镜子依次闪映出房间里的每一件东西，然后突然消失，似乎到了空气之外，进入天空的某种新深度。同时，他身上的一切从表面上看似乎脆弱且困倦不堪，但实际上充满了极其强烈、炽热而独立的生命力：他那最蓝的蓝色静脉搏动不止；水晶般晶莹的唾液湿润着他的双唇；脸颊和额头上的皮肤在抖动，前额边缘是柔和的光线……这一切如此撩人心弦，使人渴望把这无耻又令人困惑的肉体及其暗示和表现的一切，把一切不可能实现的令人眼花缭乱的自由全都撕裂，切成碎片，彻底毁灭——够了，够了——不要再走了，辛辛纳特斯，躺到你的床上去，你就不会激动，不会兴奋……其实辛辛纳特斯知道有凶猛的目光在窥孔上跟踪他的行动，于是他躺下来，或者坐在桌旁打开一本书。

桌上那摞黑糊糊的书中包含如下几本：首先是一部当代小说，辛辛纳特斯还在过自由生活期间不屑一读；其次是一部选集，出过无数版，是古代文学的浓缩改写和摘录；第三是旧杂志的合订本；第四是不知道用什么语言写成的几本破旧小册子，那是错送给他的——他没要过。

小说是著名的《奎尔库斯》，辛辛纳特斯已经看完三分之一多，也就是大约一千页。小说的主人公是一棵橡树，小说就是这棵橡树的传记。在辛辛纳特斯中止阅读的地方，橡树刚开始它的第三个百年，简单的计算表明，读完全书，橡树至少会有六百岁。

小说的创意被视为现代思想的顶峰。作者利用这棵树的渐进史（孤零零地长在峡谷边缘上，十分高大，谷底流水喧闹，永不止息），展现一切历史事件——或者事件的影子——橡树始终是一个目击者。时而两名从战马（一匹花斑马，一匹灰兔褐色马）鞍背上跳下来的武夫在对话——以便在它高贵的枝叶荫蔽下稍事休息；时而拦路抢劫的强盗停下来歇脚，伴有头发蓬乱的逃亡少女的歌声；时而风狂雨暴，雷鸣闪电，一位从盛怒的国王那儿出逃的勋爵匆匆经过；时而一条铺开的斗篷上躺着一具尸体，随着树叶摇曳的阴影而抖动；时而反映某些村民生活的一出短剧。有一段文字长达一页半，其中的每个词都以“P”开头。

作者似乎是手持摄影机，坐在老橡树梢枝上的某个地方，监视捕捉他的猎物。各种不同的人物形象来去匆匆，在阳光的绿色斑疹之中小憩。在无事件发生的正常时段，则从树木学、鸟类学、鞘翅目昆虫学和神话学等不同角度对橡树本身进行科学描述——或者讲一些广受欢迎的东西，其中穿插民间幽默。除了其他内容之外，还有刻在树皮上的所有首字母的详尽清单，并一一加以解释。最后，对流水奏出的音乐，落日的丰富色彩和天气状况也着墨不少。

辛辛纳特斯看了一会儿，把书放在一边。这部作品无疑是他那个时代创造出来的最优秀之作，但是他在阅读过程中仍有一种忧郁感，一页一页翻过去的时候隐约感到悲伤，让自己连续不断的沉思淹没书中的故事情节：我是个死到临头的人，这些年代久远、自欺欺人、毫无生机的东西跟我又有什么关系呢？否则，他就开始想象，作者本人如何濒临死亡，他当时还年轻，充满活力，据说是住在北海的一个小岛上。作者最终也得死，实在颇有几分可笑——之所以可笑是因为惟有死亡本身，惟有作者不可避免的肉体死亡，才是真实可信、毋庸置疑的事情。

光线顺着墙壁移动。罗迪恩送来早餐。又有一片蝴蝶翅膀从他的手指之间滑落，在他的手指上留下一些彩色粉末。

“难道是因为他还没有来吗？”辛辛纳特斯问。他已经不是头一次提出这个问题了，这使罗迪恩大为恼火，他又一次不予回答。

“再见一次面——他们会恩准吗？”辛辛纳特斯问。

他知道照例又要出现胃灼热的感觉，于是便躺到床上去，翻身脸朝壁，用很长很长时间挖掘墙上可能存在的各种图案，从光滑油漆的微小团粒到它们的小圆阴影。例如，他会发现一个小型侧影，长着一只老鼠一样的大耳朵，然后又觉得不像，而且无法重新构筑起来。这冰冷的赭石凹凸不平，散发出坟墓的气味，很恐怖，但是他的目光仍在不断搜索，试图把一些必需的小凸起相互联系在一起——他十分渴望见到哪怕是与人脸只有一点相似的东西。最后，他翻身仰卧，但同样十分专注地开始认真观察天花板上的阴影和裂缝。

“不管怎么说，他们已经成功地软化了我，”辛辛纳特斯陷入冥想。“我已经变得如此软弱，不堪一击，他们用一把水果刀就能把我结果了。”

他在床沿上坐了一些时候，双手紧夹在两膝之间，弯腰弓背。他发出一声颤抖的叹息，重新开始来回走动。可这是用什么语言写的呢，他产生了兴趣。又小又密，字体华丽，镰刀形的字母内部有圆点和波形曲线，好像是东方文字——它多少会让人想起博物馆里短剑上的铭文。如此陈旧的小册子，纸页已经褪色……有些还沾上黄褐色的大滴污迹。

时钟敲过七点。不久，罗迪恩送来了晚餐。

“你能肯定他还没来吗？”辛辛纳特斯问。

罗迪恩马上就要走，但在门槛上又转过身来。

“真丢人，”他声音有些呜咽地说，“你日日夜夜啥事也不做……这里有一个人在给你送饭，充满爱心照顾你，不惜消耗自己，而你却只顾提一些愚蠢的问题。真丢人，你这个忘恩负义之徒……”

时间不紧不慢持续消逝。囚室里的空气逐渐阴暗起来，待到充分浓黑时，天花板中央——不，不是很正中，情况就是如此——的灯及时亮起来——那是一个令人痛苦的提醒物。辛辛纳特斯脱去衣服，捧着《奎尔库斯》上了床。作者已经写到了文明时代，这从三位快乐的旅行者的交谈中可以看得出来，他们是蒂特、帕德和流浪汉朱，正坐在晚上开花的黑橡树底下阴凉的青苔上，从酒瓶里大口喝酒。

“不会有人来救我了吗？”辛辛纳特斯突然大声问，从床上坐了起来（张开双手，像个乞丐，表明自己一无所有）。

“真的不会有任何一个人来救我了吗？”辛辛纳特斯重复道，目光凝视着墙上不变的黄色，仍然举着空空的双手。

图案化为一阵轻风，把树叶吹得沙沙响。从上方浓黑的阴影中掉下一颗大橡树果实仿制品，有真的两倍大，漆成亮丽颇富光泽的橘黄色，落在地毯上跳动着，木栓呈杯状外壳，像蛋一样严密。

一二

轻叩声、刮擦声、什么地方有什么东西碎裂的声音把他给吵醒了。就像昨天晚上入睡时身体还好好的，半夜过后醒来却发烧了。有好一阵子他仔细倾听着这些声音——嚓，嚓，笃，笃，笃——完全不考虑它们是什么声音，只是单纯地听，因为它们把他吵醒，因为他的听觉没有别的事情可做。嚓，轻叩，刮擦，碎裂，碎裂。声音从哪里来？从右边？从左边？辛辛纳特斯略微支起身子。

他专注地听着——他的整个脑袋变成了一个听觉器官，他的整个身体变成了一颗紧张的心。听着听着，他已经开始悟出了某些迹象的意义：囚室里的黑暗在微弱地蒸馏……黑暗沉到了底部……窗户的铁条外面，灰白的曙光——这说明已经三点或三点半了……卫兵们在寒冷中睡着了……声音是从下面的什么地方传来的……不，可能是从上面，不，还是从下面，就在墙外，贴近地面，像一只大老鼠用铁一样的爪子在抓挠。

让辛辛纳特斯特别兴奋的是那些声音体现出来的强烈自信心，坚持不懈的认真执著，他们在这要塞的寂静之夜所追求的目标也许是遥远的，但还是可以实现的。辛辛纳特斯屏住呼吸，像幽灵一样轻盈，像一张薄纸，他悄悄下了床——踮着脚沿着黏糊糊、颇具附着力的——走到他认为传来声音的角落——他以为是如此——但是待他走近后，他才意识到自己错了——轻敲声要更靠右些更高些。他走动着，不禁又困惑起来，自己被听觉骗局愚弄了，一个声音沿对角线穿过自己的脑袋，被错误的耳朵听到了。

辛辛纳特斯迈着笨拙的步伐，碰到了放在墙边地板上的盘子。“辛辛纳特斯！”盘子用责备的口吻说。此时轻敲声突然停止了，这就给听者传递了令人振奋的理性讯息。他站在墙边纹丝不动，用脚趾压住盘子上的汤匙，歪着敞开的空脑袋，感觉到不知名的挖掘者也静默地站立着聆听。

过了半分钟，那些声音又响起来了，这一回声音更小，更有节制，但是更能表情达意，更有智慧。辛辛纳特斯转过身，慢慢把脚后跟从锌盘上移开，试图再次确定声源的位置：如果你对门而立，应该是在右边……对，是在右边，无论如何，还很远……听了好久以后，他所能得到的全部结论就是这些。最后，他返回床边去穿拖鞋——光着脚再也吃不消了——他绊到椅子腿发出颇大声响，这张椅子夜里从来不会老待在一个地方。那些声音又停住了，这一回是永远地停了。

这就是说，那些声音小心翼翼地停一段时间之后，本来还有可能恢复，但是早晨已经开始大放光芒，辛辛纳特斯看到了——用惯常的想象之眼——罗迪恩，他从潮湿环境中来，全身冒着水汽，打哈欠张着一张鲜红的嘴，坐在厅里他那张凳子上伸了个懒腰。

整个上午，辛辛纳特斯一边听，一边考虑那些声音再次出现时如何让对方知道自己的态度。外面上演了一场夏季雷暴，虽然简单，但却颇为高雅。囚室里漆黑如夜，雷声可闻，时而坚实洪亮，时而尖锐清脆，闪电把窗户铁条的阴影映照在意想不到的地方。晌午时分，罗得里格·伊万诺维奇来了。

“你有客人来了，”他说，“但是首先我想搞清楚……”

“谁？”辛辛纳特斯问，同时心里在想：请别在此时……(即请别让轻敲声在此时再次响起)。

“你瞧，来了，”监狱长说，“我不能肯定你是否希望……你瞧，是你的母亲——你的母亲。”

“我的母亲？”辛辛纳特斯问。

“对，没错——母亲，妈咪，妈妈——简单地说，就是生你的那个女人。我要让她进来吗？请你赶快拿主意。”

“……我这一生只见过她一次，”辛辛纳特斯说，“我真的没有感情……不，不，不值得一见，毫无意义。”

“随你的便，”监狱长说完走了出去。

过了一分钟，他礼貌地低语着领进来身材矮小的塞西莉亚·C，她身穿黑色雨衣。“我不会打扰你们俩，”他颇有善意地补充道，“尽管这违反我们的规定，有时有些情况……例外……母亲和儿子……我遵从……”

退场，像个侍臣一样退出。

塞西莉亚·C身穿一件发亮的黑色雨衣，戴一顶类似的低檐防水帽（看样子像海员用的宽边防水帽），一直站在囚室中央，用明亮的目光凝视着她的儿子。她解开纽扣，吸了吸鼻子，用快速而不连贯的方式说：“暴风雨太大，泥泞不堪，我以为来不了你这儿了，马路上水流奔涌而下，向我……”

“坐下，”辛辛纳特斯说，“别那样站着。”

“无论你的看法如何，但你这个地方的确很安静，”她继续说，同时不断吸着鼻子，还用手指使劲在鼻子下面擦，仿佛它是个干酪磨碎机，擦得鼻头起皱纹还扭过来摆过去。“我只说一点，这里很安静，也相当干净。顺便说一句，在我们产科病房那里，个人房间可没有这么大。哟，那张床——亲爱的，看你的床都乱成什么样子了！”

她啪的一声放下产婆袋，敏捷地从活动的小手上摘下黑棉布手套，在床边弯下身子，开始重新收拾床铺。她那束着腰带的大衣背部有着海豹皮般的光泽，修补过的长袜……

“瞧，这下好多了，”她说，直起身来，双手叉腰站了一会儿，用轻蔑的目光望着堆满书籍的桌子。

她颇具年轻人的气息，辛辛纳特斯的五官长得和他母亲很像，但也有自己的特点。辛辛纳特斯看到她的尖鼻子小脸和突出而明亮的眼睛时，自己也隐约意识到这种相似。她的连衣裙领口敞开，露出一块三角形晒得发红的雀斑皮肤。但是，总的说来，两人的皮肤酷似，好像母亲有一块皮肤给了辛辛纳特斯——浅色薄皮肤，连同天蓝色的静脉血管。

“啧，啧，这里再稍加整理，一切就都井井有条了……”她一边叽里咕噜说个不停，一边手脚麻利地干着别的事情，忙着整理书籍，把它们摞放整齐。不经意间，一本打开的杂志的一幅插图引起了她的兴趣。她从雨衣口袋里掏出一只腰子形小盒子，两边嘴角一撇，戴上一副夹鼻眼镜。“二六年发表的，”她笑着说，“年代如此久远，很难叫人相信。”

（照片有两幅：一幅是不列颠群岛总统露齿而笑，在曼彻斯特火车站与最后一位发明家了不起的可敬孙女握手。另一幅是在一个多瑙河村庄生下一头两个脑袋的小牛。）

她无缘无故地叹了口气，把杂志推到一旁，不料把铅笔碰掉了，伸手去抓又没抓住，说了声“糟糕！”

“就这样吧，”辛辛纳特斯说，“这里无所谓乱——只是东西挪来挪去罢了。”

“瞧，我给你带来了这个。”（她从大衣口袋里取出一个小袋，把衬里也拉了出来。）“瞧，这是一些糖果。你就尽情地吮吧。”

她坐下来，喘着粗气。

“我不断使劲地爬，终于爬上来了，现在可真累坏了。”她说，有意装出气喘吁吁的样子。后来她突然呆住，以茫然的渴望注视着上方的蜘蛛网。

“你为什么要到这里来？”辛辛纳特斯问，在囚室里兜着圈子。“这对你没有任何好处，对我也没有任何好处。为什么？既不能表现善意，也不是什么有趣的事。因为我看得非常清楚，你和每一个人每一件东西一样，只不过是一件拙劣的仿制品。如果他们通过巧妙仿制一位母亲企图拉拢我……但是你可以想象，比如我把希望寄托在某种遥远的声音上——如果连你都是个骗子，我对它还会有什么信心呢？你提到了‘糖果’！为什么不说是‘好吃的东西呢’？为什么你的雨衣湿了，鞋子却是干的——瞧，粗心了不是。请你替我转告道具管理员。”

她连忙内疚地说：“可我是穿了橡胶套鞋的——我脱下来

留在办公室里了，我说的是实话。”

“哟，够了，够了。不用解释了。演好你的角色——继续东拉西扯喋喋不休，而且无忧无虑——你用不着担心，事情会过去的。”

“我来看你，因为我是你的母亲，”她轻柔地说。辛辛纳特斯纵声大笑：

“不，不，别让它演变成一场闹剧。你要记住，这是一出戏。来点喜剧色彩还可以，但是你也不要走得太远——没有你，戏照样可以演下去。你还是……行，我来告诉你该怎么办吧，你为什么不再给我讲有关我父亲的故事。他在黑夜中消失，你从来没有查明他是谁，或者他是从哪里来的，这能让人相信吗——太奇怪了……”

“我只记得他的声音——我没见过他的脸，”她的回答和刚才一样轻柔。

“这就对了，这就对了，你给我当配角——我看我们可以把他设想成一个逃跑的水手，”辛辛纳特斯沮丧地继续说，一边打着响指一边来回走动，“也可以是一个林区强盗到公园里来客串演出。还可以是一个反复无常的工匠，一个木匠……行了吧，快点儿，想出点什么名堂来。”

“你不懂，”她哭了（她激动地站起来，但立即又坐下来）。“真的，我不知道他是谁——流浪汉，逃兵，什么都有可能……可是你为什么就不懂……对了，那是一个假日，公园里很黑，当时我还是个孩子，但是这话离题了。重要的是不可能犯错误！一个正在被活活烧死的人心里最明白，他不是在我们的斯特罗普河里洗澡。嗨，我的意思是，那是错不了的……哎，难道你真不懂吗？”

“不懂什么？”

“哎呀，辛辛纳特斯，他也是……”

“你的话是什么意思，‘他也’？”

“他也和你一样，辛辛纳特斯……”

她把头埋得很低，夹鼻眼镜掉在了杯形的手里。

冷场。

“这你怎么会知道呢？”辛辛纳特斯阴郁地问。“你怎么会突然注意到……”

“我什么也不再对你说了，”她说，眼睛都不抬一下。

辛辛纳特斯在床上坐下，陷入沉思。他的母亲使劲擤鼻子，发出喇叭似的极为响亮的声音，人们很难想象那么小的女人会发出那么大的声音。她抬头望窗户凹进去的地方。天气显然晴朗起来了，因为你觉得蓝天近了，墙上出现了条状阳光——时而暗淡，时而明亮。

“现在黑麦田里长出了矢车菊，”她说话的速度很快，“一切都如此美妙——云朵飞掠而过，一切都在运动，一切都很明亮。我住在多克托坦，离这里很远。当我来到你们这座城市，当我驾着破旧的轻便小马车穿过田野，看到斯特罗普河波光粼粼，看到这座山和山上的要塞，看到这一切，我总是觉得有一个奇妙的故事一遍又一遍地重复着。我或是没有时间，或是没有能力理解这个故事，但还是有人极为耐心地不断向我重复！我在病房里整天忙个不停，我从容处理一切，我有一些情人，我特别喜欢冰冷的柠檬汁，但是因为心脏病已经戒了烟——此刻我和你坐在一起……我坐在这里，但是我不知道自己为什么要坐在这里，为什么要声嘶力竭地大喊大叫，为什么要告诉你这一切。现在我就要艰难下山，穿着这件大衣和这件羊毛连衣裙，而经过这样一场暴风雨之后，太阳一定很毒……”

“不，你只不过是一件仿制品，”辛辛纳特斯小声说。

她露出了疑惑的微笑。

“就像这只蜘蛛，就像那些铁条，就像那报时钟，”辛辛纳特斯低声说。

“这么说，”她说，又擤起了鼻子。

“这么说，情况果真如此啦，”她重复道。

他们双方保持沉默，也不注视对方，时钟敲响报时的钟声，毫无意义的回声回荡着。

“你出去的时候，”辛辛纳特斯说，“注意看一看走廊上的时钟。钟面上一片空白，但是每隔一小时巡夜人就把指针洗掉，涂上新的指针——我们的日子就是这样靠焦油刷子过的，敲响钟声则是巡夜人的事，因此巡夜人也可以称为‘钟’人。”

“你不应该开这样的玩笑，”塞西莉亚·C说。“你应该知道，世上有各种奇妙的小玩意儿。例如我还记得我小时候，有些东西被称为‘四不像’，不仅在孩子中流行，在成人中也很流行。你要知道，随之而来的还有一种特殊的镜子，不仅扭曲，而且完全变形。你从这种镜子里什么也看不出来，镜子上全是裂缝和杂乱无章的东西，不能构成任何有意义的视觉形象——但这种扭曲却是非同寻常，而是经过精确的计算以适应……也可以说，为了与这种扭曲的镜子相匹配，他们才制造出……不，等一等，我解释得不好。这么说吧，你拥有一面如此奇形怪状的镜子，同时收藏各种不同的‘四不像’，绝对荒唐的东西，形状怪异，色彩斑驳，麻点密布，疙疙瘩瘩，像某种化石——尽管这种镜子会把普通物体完全扭曲变形，但是你要明白，一旦有真正合适的东西，也就是当你把这种不可理解的怪物摆在适当的位置上，让它在不可思议的怪镜中映照出来，奇迹立即出现。负负得正，一切都恢复正常，一切都很完美，奇形怪状的密布斑点在镜中顿时变成美妙合理的形象：花朵、船只、人物、景色。你可以定制自己的肖像，也就是见到一团荒诞离奇混乱不堪的东西，这东西就是你，只是你的关键被镜子所掌握。至今我还记得那是多么有趣的事，同时也有点令人害怕——万一突然什么也出不来怎么办？——找一件新的不可理解的‘四不像’，拿到镜子前面，你会看到自己的手变成混乱的一团，同时还会看到毫无意义的‘四不像’变成一幅迷人的图像，非常非常清晰……”

“你为什么要对我讲述这一切？”辛辛纳特斯问。

她不吱声。

“这一切又有什么意义？难道你不知道就在这几天，也许就是明天……”

他突然注意到塞西莉亚·C眼睛的表情——只是一瞬间，一瞬间——但是仿佛有某种真实、不容置疑（在这个世界上，一切都是可疑的）的东西闪过，就像这可怕的生活被卷起一角，让你一眼瞥见了衬里。辛辛纳特斯突然从他母亲的目光中看到了那最后的、确定无疑的、能解释一切的、不受任何干扰的迹象，他也知道如何从自己身上找到这一迹象。这一迹象现在如此辛辣表现的是什么？表现什么并不重要——就叫它恐怖或怜悯吧……但是我们倒不如这样说：这迹象表明了令人震撼的真相，辛辛纳特斯的心不禁喜悦而狂跳。那一瞬间一闪便消失了。塞西莉亚·C站起来，做了个令人难以置信的小手势，即两手分开，各伸出食指，好像是表示大小——比如一个婴儿的长度……接着她马上开始忙活起来，从地板拿起她那鼓鼓的黑袋子，整理好口袋的衬里。

“就这样吧，”她又用先前叽里咕噜的声调说，“我已经待了好一阵子，现在该走了。你就把我的糖果吃了吧。我待得太久了。我该走了，时间到了。”

“你说得对，时间到了！”罗得里格·伊万诺维奇爆发出一阵狂笑，猛地把门打开。

她低着头悄然离去。辛辛纳特斯全身发抖，正要冲上前去……

“不用担心，”监狱长说着举起了一只手掌，“这个小产婆对我们构不成威胁，回去！”

“但我还是……”辛辛纳特斯刚开口说。

“回去！”罗得里格·伊万诺维奇大声吼道。

与此同时，皮埃尔先生身穿条纹囚衣的壮实矮小身影在走廊深处出现。他在远处笑得很欢，但对自己的步伐稍有控制，两只眼睛贼溜溜地四下里察看，那样子就像一个人悄悄走进队列，但又不想引起人们注意。他拿着一方棋盘和一只盒子，腋下夹着一个丑角玩偶和别的什么东西。

“你刚才有客人？”监狱长走了，囚室里只剩下他们两个人，他很有礼貌地问辛辛纳特斯。“你妈妈来看望过你？这很好，这很好。现在由我，可怜弱小的皮埃尔先生，来为你提供消遣，同时也让自己乐一乐。你瞧我这潘趣[1]如何望着你。快向叔叔问个好。他很滑稽可笑对吗？坐起来，好朋友。瞧，我给你带来好多好玩的东西。先下一盘棋如何？或者打牌？你会玩刹车吗？好玩极了！来吧，我教你。”

1 Punch，英国传统滑稽木偶剧《潘趣和朱迪》中的鹰鼻驼背滑稽木偶。

一三

他等呀等，终于等来了夜里最寂静的时刻，那些声音又响起来了。辛辛纳特斯独自在黑暗中笑了。我很乐意承认它们也是骗局，但是此刻我却笃信无疑，信以为真。

声音比前一天晚上更坚定更清晰，不再是盲目乱挖，你怎么会怀疑他们的行动在不断逼近，不断取得进展呢？他们多么有度！多么智慧！他们的计算何等巧妙，行动又是何等坚持不懈！他们用的是一把普通的鹤嘴锄，还是用某种无用的东西和无所不能的人的意志铸合而成的奇特工具——但不管它是什么，他知道有人正在以某种方式挖掘一条通道。

夜里很冷，灰色滑溜的月光分割成许多方块，映照在窗户凹陷处的内墙上。整座要塞内部仿佛装满了黑暗，而外部却像被月光上了一层釉，破碎的黑影顺着岩石斜坡滑落，悄然跌进了护城河。是的，夜晚是麻木冷漠的——可是在夜色中，在其又深又黑之处，有与夜之本质和秩序格格不入的东西在挖掘不止，削弱着夜的威力。或者这一切都只不过是过时的浪漫荒唐之举，辛辛纳特斯？

他举起惟命是从的椅子，重重地砸下去，先砸在地上，然后又在墙上砸了几下，起码是以节奏为手段，试图让自己的撞击传递某种意思。从事实看，在黑暗中挖掘通道的人先是停了下来，似乎是想判断出这些回应的撞击声是否友好，然后又突然重新干起来，挖掘之声欢快而富于生机，这下辛辛纳特斯心里明白了，他的回应已经为对方所理解。

此时他感到心满意足，有人要找的就是他，有人想拯救的就是他，于是他继续撞击石头更敏感的一些部位，以不同的声区和声调，更充分、更复杂、更迷人地重复他自己创造出来的简单节奏。

他已经开始考虑如何建立一套符号系统，此时他突然注意到夜色渐淡，不是因为月光，而是因为另一种不请自来的光，当挖掘之声停止时，他还几乎未曾注意到这一变化。过了好一会儿，传来碎裂之声，但是这声音也逐渐归于静寂。真是难以想象，刚才夜的寂静还受到热切持续的活动的侵扰，受到一个生灵的侵扰，它呼哧呼哧直喘粗气，带着扁平的口套，然后再次疯狂地挖掘起来，像一只猎犬在挖掘地下通道，要去找一只獾。

在昏昏欲睡状态中，他看见罗迪恩走进来。待他完全醒来，已经是午后了。他和往常一样，想到今天还不是末日，当然也可能是今天，就像可能是明天一样，但明天还远着呢。

他整天留心听着耳边的嗡嗡声，不断揉捏双手，仿佛是默不作声地在与他的自我互相握手表示欢迎。他绕着桌子走动，桌上放着尚未寄出的那封信。要不就是想起昨天那位客人的眼神，转瞬即逝，令人毛骨悚然，有如今生的一个间隙。要不就是在幻觉中仔细听埃米活动时发出的沙沙声。对了，为什么不喝下这希望之粥，这又稠又甜的糊状食物……我的希望仍然活着……起码是现在，起码是在这里，在孤独受到如此高度尊重的地方，我认为它可以只分成两份，你一份我一份，而不是像过去分成许多份——嘈杂、繁多、荒谬，以至我无法接近你，而你那可怕的父亲用他的拐杖几乎打断我的腿……这就是我正在写信的原因——这是我向你解释目前状况的最后一次努力，马思……请你竭尽努力加以理解，如果必须透过迷雾，如果只用你头脑的一个角落，但务必理解当前的状况，马思，理解他们就要杀我——难道就那么困难吗——我不要求你像寡妇一样长时间悲伤，也不要求你供上百合花表示哀悼，但是我恳求你，我非常需要你的理解——今天，此刻——你就像孩子一样表现出害怕吧，他们就要对我下毒手了，这种卑鄙的勾当能使你恶心，于是你在半夜发出凄惨的尖叫，已经听到护士走过来了，“嘘，嘘，别作声，”你还是尖叫不止，你就应该用这种方式来表示害怕。马思，尽管你几乎不爱我，你还是应该理解，哪怕只是一瞬间，然后你又再次忘记。我怎样才能让你激动起来？噢，我们在一起的生活糟透了，实在糟透了，但是我不能用那种东西使你激动起来，起初我努力尝试过，可是你知道，我们的节奏不同，我很快就赶不上了。告诉我，有多少只手摸过你那坚硬带有苦味的小核心周围丰满的果肉？是的，我像鬼魂一般又回忆起你最初的背叛，我吼叫着，把镣铐撞得丁当响，从回忆中走过。我偷看到你们在亲吻。你的和他的吻，很像是某种方式的喂食，如饥似渴，杂乱无章，充满噪声。有一次你双眼紧闭，吃进一只喷射着汁液的桃子，吃完了，但还在往下吞，嘴里还是满的，你这食人生番，你那目光呆滞的眼睛游移不定，你的手指张开，你那炽热的嘴唇多么光滑，你的下巴颤抖，到处布满滴滴混浊的汁液，汁液逐渐滴落到你裸露的胸脯上，此时，已经突然给你提供过滋养的普里阿普斯[1]发出一声猛烈的诅咒，把弓起的背转向我，看来我进入房间的时

1 Priapus，男性生殖力之神，也是果园、酿酒和牧羊的保护神。

间是选错了。“一切品种的水果对马思都有益”，你说这话的时候，喉咙里还有一种甜甜黏黏湿湿的感觉，这一切最后钻进一个湿润、可爱、可诅咒的小褶缝——如果我回忆起这一切，目的是要把它从我的生活中驱逐出去，目的是净化自我——同时也是为了让你明白，为了让你明白……什么？我可能错把你当成了另一个人，毕竟我认为你还是会理解我，把我看成疯子，误把来访的亲人当成星系、对数、矮腿鬣狗——但也有些是疯子——而且他们无懈可击——他们把自己看成是疯子——周期到此结束。马思，你我都在这样一个周期中旋转着——噢，要是你能从这个周期中摆脱出来一瞬间那该多好！——然后你还可以再回到周期中去，我说话算数……我对你的要求不高，只要你能摆脱出来一瞬间，能理解他们就要杀害我，理解我们正被假人所包围，你自己也是一个假人。我不知道自己为什么会因为你的背叛而备受折磨，更确切地说，我心里知道为什么，但是我不知道应该选择什么文字，才能让你理解我为什么如此备受折磨。这种文字不是适合你日常生活需要的那种小字。但我还是要再尝试：“他们就要把我杀害！”——对，同时再来一次：“他们就要把我杀害！”——再重复一遍：“杀害！”……这些文字我要一直写到让你捂起耳朵，捂住你那藏在缕缕美丽的女性头发底下薄膜般像猴子一样的耳朵——但是你那冷冰冰的小耳朵我了解，我看见过，我揉捏过，我用手指反复摸弄直至它们有点变暖，让它们恢复生机，把它们变成人耳，迫使它们听我的话。马思，我希望你再争取来和我见一次面，当然是单独一个人来，单独一个人来！对我来说，所谓生命业已结束，在我的面前惟有擦亮的铁砧，监狱看守们把我逼到这步田地，使我写出来的字——瞧——就像醉汉的笔迹——但这没有关系，马思，我还有足够的力气，能和你进行一次前所未有的谈话，这就是你绝对必须再来一次的理由。你不要以为这封信是伪造的——此时正在写信的就是我，辛辛纳特斯；此时正在哭泣的也是我，辛辛纳特斯。实际上，我正在绕着桌子走动，后来罗迪恩送来了晚餐，我对他说：

"这封信。这封信我要请你……这是地址……"

"你学起编织来比谁都强，"罗迪恩咕哝着，"简直可以为我织一副护膝了。作家，名副其实！你刚才看见你老婆了，是吗？"

"不管怎么说，我还是想问你，"辛辛纳特斯说，"除了我和皮埃尔那冒失鬼以外，这里还有别的囚犯吗？"

罗迪恩涨红了脸，但不吱声。

"刽子手还没来吗？"辛辛纳特斯问。

罗迪恩很生气，正要狠劲把已吱呀作响的门关上，但是和前一天一样，那个人又走进来了，摩洛哥革拖鞋笨拙地嘎吱嘎吱响，条纹囚服裹着的胶冻般的肉体抖动着，双手捧着一副国际象棋、扑克牌、一套杯球游戏用具……

“我向朋友罗迪恩致以最谦卑的敬意，”皮埃尔先生尖声说，脚步不停，抖动着嘎吱嘎吱走进囚室。

“我明白了，”他说着坐了下来，“那可爱的家伙拿走了一封信。一定是昨天放在这桌子上的那封，对吧？写给你的老婆？不，不，这只是简单的推论，我不看别人的信，尽管它的确就放在显而易见的地方，当时我们正在玩刹车游戏。今天下棋如何？”

他用胖乎乎的手摊开羊毛棋盘，跷起小手指，布好棋子。棋子是按照一个老囚犯的配方用面包捏成的，十分坚硬，石头可能都要妒忌了。

“我自己是单身汉，但是我当然能理解……快走。我很快就要……好棋手是用不着思考很久的。快走。你的老婆我只瞥了一眼——是个很有刺激性的小美人，我的眼光绝对错不了——她的脖子多漂亮，就是我喜欢的那一种……嘿，等一等，我又看走眼了，请容我回一步。就这样，这一步好些。我可是个女人迷，她们就爱我这样的流氓，你根本不会相信。你写信给你老婆，夸她眼睛和嘴唇都很漂亮。不久前，你可知道，我……我的兵为什么就不能吃它？噢，我明白了，高，高。好吧，我撤退。不久前，我和一位特别健康特别妖艳的女人性交。那痛快劲儿真叫绝，当时一个黑色的大……这是怎么回事？你这一步可真是太损了。你应该给对手提个醒，这样不行。这样吧，让我改变一下上一步的走法。就这样。对，是个令人销魂、风情万种的女人——而且你要知道，我本人可不是胆小鬼，我的精力如此旺盛——哇！总的说来，尘世的诱惑有很多，我打算以开玩笑的方式，但实际上又是最认真地把性的诱惑逐渐提出来让你考虑……不，你等等，我还没有决定是否走这一步。对，就这样走。你这是什么意思，棋友？为什么会这样，棋友？我这里也走不得，那里也走不得，什么地方也不能走了。等一等，刚才在什么位置？不，再上一步。啊，这一下局面就完全不同了。完全是出于疏忽。行，我走这儿。对了，她用牙齿咬着一朵红玫瑰，黑色网状长袜穿到这儿，除此之外一丝不挂——那真是太棒了，那才叫无与伦比……现在倒好，阴冷的石头，生锈的镣铐取代了快乐无比的爱情，而前头呢——用不着我说，前头是什么，你自己明白。这一步我看漏了。要是我换个走法呢？对，这样更好。无论如何，这一盘棋我赢定了——你的错误一个接一个。就算她对你不忠实又怎么样——你还不是照样拥抱她？每当有人问我怎么办时，我总是对他们说：‘绅士们，来点儿创造性。例如，在自己周围布满镜子，仔细观看好事进行的全过程，这比什么都快乐——简直妙不可言！’嗨！这一步可不妙。我以名誉担保，我以为是走进了这个方格，而不是那一个。这样一来你就不能……请回一步。我喜欢一边抽雪茄一边谈无关紧要的琐事，同时还喜欢她也开口说话——真是没办法，我有一定程度的性倒错倾向……没错，要告别这一切，的确很难受，很可怕，很痛苦——再想到别人，和我们一样年轻一样精力充沛，人家还将继续工作……啊！我对你的情况不了解，但要说到爱抚，我特别喜欢我们法国摔跤手所说的‘macarons[1]’：你突然拍一下她的脖子，肌肉马上变得更结实……首先，我可以吃掉你的骑士，然后，只要把王走开就行了。好吧——就这样。不行，停，停，我还要再考虑一下。你上一步是怎么走的？把它退回去，我再想一想，胡说八道，这里压根儿没有棋友。你这个人，我看——假如你不在意我这么说——是在欺诈：这个棋子原来在这儿，要不就是这儿，但绝不是那儿，我可以绝对肯定。快，放回去，放回去……”

他似乎是偶然撞倒了几个棋子，然后就控制不住自己，哼了一声把剩下的棋子全搅了。辛辛纳特斯坐在桌旁，用一只胳

1 法文，击。

膊肘支着。他忧心忡忡地摆弄着一只处于受困境地的骑士，它似乎并不讨厌回到早先从那儿跳出来的不利状态中去。

“咱们玩个别的游戏吧，你不会下棋，”皮埃尔先生抱怨地喊道，打开一块玩“鹅”游戏用的杂色板。他掷骰子，很快就从三攀升到二十七——但是他又无奈地掉了下来，而辛辛纳特斯却从二十二一下窜到四十六。这游戏持续了很长时间。皮埃尔先生脸色发紫，又是跺脚，又是发怒，还爬到桌子底下去捡骰子，钻出来时骰子放在他的手掌上，还赌咒发誓说，骰子在地板上就是这样的。

“你身上为什么有那么一股气味？”辛辛纳特斯叹口气问。皮埃尔先生的胖脸上勉强挤出一丝微笑。

“是家族遗传，”他颇有尊严地解释道。“脚有点出汗。我试用过明矾，但一点不起作用。我不得不说，尽管我从小就有这毛病，尽管任何痛苦通常都会受到他人的尊重，但是没有一个人会像你这样得罪人……”

“我都快不能呼吸了，”辛辛纳特斯说。

一四

那些声音显得更近了，现在声音很急切，如果再用撞击墙壁的方式去提问题，从而干扰了它们，那可真是罪过了。它们持续到比前一天晚上更晚的时候，辛辛纳特斯俯卧在石板上，张开四肢，就像中暑倒地一样，尽情地享受着感官的虚假表演，清楚地通过耳膜看到了秘密通道，每挖一下就延长一点，还感觉到了——仿佛这样一来他胸口那隐秘而紧张的疼痛也就解除了—— 一块块的石头如何被刨松，他面对墙壁已经开始猜想，会从哪里裂开，轰一声出现一个裂口。

罗迪恩走进来时，噼里啪啦的声音和窸窸窣窣的声音仍然依稀可闻。埃米从他身后一下冲了进来，光脚穿着芭蕾舞鞋，身着方格花纹连衣裙。她藏在桌子底下，蹲坐在自己的臀部上，浅黄色的头发，发梢卷起，遮住她的脸和双膝，甚至脚踝。罗迪恩刚一走，她立刻跳起来，直奔辛辛纳特斯，当时他正坐在床上。她把他掀倒，开始在他身上到处乱爬。她用冰凉的手指和温热的肘部戳他。她露出牙齿，门牙上还沾着绿叶的碎片。

“坐着别动，”辛辛纳特斯说，“我已精疲力竭——我一夜没睡——坐着别动，告诉我……”

埃米坐不住，把前额埋在他胸口，发卷跌落下来，悬在一侧，露出后背的上半部分，有一凹陷处随着肩胛移动，背上均匀覆盖着金黄色的汗毛，看上去好像是进行过对称梳理。

辛辛纳特斯轻轻抚摸着她温热的头，想把它抬起。她抓住他的手指，使劲把它们贴在自己敏感的嘴唇上。

“你这宠坏的孩子可真会缠人，”辛辛纳特斯昏昏欲睡地说，“好了，别闹了。告诉我……”

但此时她那股童稚的疯劲儿已经爆发出来了。这位肌肉发达的孩子把个辛辛纳特斯像小狗一样翻过来滚过去。“住手！”辛辛纳特斯喊道。“你不觉得害臊吗？”

“明天，”她突然说，紧紧抱住他，目光紧盯着他两眼中间的地方。

“明天我就得死？”辛辛纳特斯问。

“不，我要救你出去，”埃米忧心忡忡地说（她骑在他身上）。

“这太好了，”辛辛纳特斯说。“让各方救星都来吧！这事本来应该来得早些——我都快发疯了。请你下来，你又重又热。”

“我们逃走，你要娶我。”

“也许得等你长大一些，不过我已经有一个妻子了。”

“她又胖又老，”埃米说。

她从床上跳下来，绕着房间跑，像芭蕾舞女演员在快速跨大步，头发摇晃着，然后一跃而起，仿佛飞了起来，最后在一点上高速旋转，让你觉得好像甩出许多手臂。

“学校很快又要开学了，”她说着便坐在辛辛纳特斯的大腿上。突然，她把世上其他一切事情全都抛到脑后，全神贯注地做一件新的事情——她开始抠发亮的胫部上一块黑色的纵长痂，痂已经掉下一半，可以看到粉红色的嫩疤。

辛辛纳特斯眯缝着眼睛，注视着她倾斜的侧影，那侧影的轮廓是明亮的阳光勾勒出来的。他觉得充满倦意。

“啊，埃米，你可要记住，记住你做的承诺。明天！告诉我，你要怎样救我？”

“把你的耳朵凑过来，”埃米说。

她用一只手臂搂着他的脖子，在他耳边发出一些温热、湿润、完全听不清的声音。“我什么也听不清楚，”辛辛纳特斯说。

她不耐烦地把脸上的头发撩到脑后，再次偎依在他身旁。

“噗……噗……噗，”她的声音兴奋、低沉、嘈杂——说完她跳开去，一跃而起——停在微微晃动的高空秋千上，双脚展开的脚趾并拢成一个尖楔形。

“我对此事仍抱有很大希望，”辛辛纳特斯睡意渐浓地说，他慢慢地把湿润、余音未尽的耳朵贴向枕头。

在他逐渐入睡之时，他可以感觉到她爬到他身上，他似乎模糊觉得她或另一个人不停地在折叠某种发亮的织物，抓住各个角进行折叠，用手掌把它抚平，然后再折——有一个瞬间，他突然醒过来，那是因为罗迪恩把她从囚室里拖出去，她大声尖叫起来。

后来他觉得自己听到墙外那些宝贵的声音又小心翼翼地开始响起来……多么危险啊！这毕竟是大白天……但是他们已无法抑制自己，竟然以如此秘密的方式一步步逐渐向他逼近，但他却担心卫兵会听见，于是便开始来回走动、跺脚、咳嗽、哼唱，待他心脏狂跳在桌旁坐下时，声音早已停了。

黄昏时分，皮埃尔先生来，这似乎已成了习惯。他头戴织锦无檐便帽，自由自在地随意躺在辛辛纳特斯的床上，把刻有妖艳女人的海泡石烟斗点着，用一只手肘支着自己的身子，周围烟雾缭绕。辛辛纳特斯坐在桌旁，津津有味地嚼着最后一点晚餐食品，从褐色汤汁中取出西梅干。

“今天我扑了脚粉，”皮埃尔先生说话的口气很轻松，“请你不要再抱怨再品头评足了。咱们还是继续昨天的话题吧。我们谈的是有关快感的内容。”

“爱的快感，”皮埃尔先生说，“是通过最美丽最健康的身体运动获得的。我用‘获得’，但是如果用‘榨取’可能会更贴切，因为我们正在讨论的问题是，如何从被反复研究过的动物身体深处系统不断榨取快感。在闲暇之时，爱的体力劳动者给旁观者的第一印象是猎鹰般的眼神、欢乐的性情、健康的肤色。再看看我的滑动节奏。这样一来，我们面前就出现一种现象，我们可以笼统称之为‘爱’或‘性爱快感’。”

此时，监狱长踮着脚走进来，示意他们不要去注意他，在他自己带来的凳子上坐下来。

皮埃尔先生转头看了他一眼，目光中充满善意。

“继续谈，继续谈，”罗得里格·伊万诺维奇低声说，“我是来听的——对不起，等一等——我挪一挪凳子，好靠在墙上。瞧，我已经筋疲力尽。你们呢？”

“那是因为你还不习惯，”皮埃尔先生说。“请允许我接着说。罗得里格·伊万诺维奇，刚才我们正在讨论生活的乐趣，还对爱神进行了一般的探讨。”

“我明白了，”监狱长说。

“我提出了以下一些观点——对不起，亲爱的同事，我得重复一下，但是我要讲得让罗得里格·伊万诺维奇也觉得有趣。我认为，罗得里格·伊万诺维奇，一个被判死刑的人最难以忘怀的是女人，是女人令人销魂的肉体。”

“还有月夜的诗，”罗得里格·伊万诺维奇补充道，用严厉的目光看了辛辛纳特斯一眼。

“不，请别干扰我对主题的发挥。如果你有什么要补充，可以稍后再说。好吧——那我接着说。除了爱的乐趣之外，其他的乐趣还有很多，现在我就一一道来。在一个美妙的春日，你可能不止一次感到心旷神怡，花儿含苞欲放，小树林刚覆盖上嫩叶，羽毛丰满的歌鸟给它们带来盎然生机。最早开放的不起眼小花从草丛中探出头来张望，仿佛是在卖弄风情，似乎意在诱惑热爱自然的人，它们怯生生地低声细语：‘噢，别，别把我们摘下，我们的生命很短暂。’在这样的日子里，小鸟尽情歌唱，有些树木首先长出嫩小的叶片，人们心旷神怡，呼吸加深。万物皆欢，万物皆乐。”

“你把四月描绘得太精彩了，”监狱长说，下巴抖动了一下。

“我看每个人都有这种经历，”皮埃尔先生继续说，“可是现在，现在我们每天全都在往断头台上攀登，如此美好春日的难忘记忆会使我们喊出：‘噢，回来吧，回来吧，让我重新再经历一次。’”

“‘重新再经历一次，’”皮埃尔先生重复道，毫不掩饰参看一份类似学生作弊夹带的草稿，上面密密麻麻写满了小字。

“下一个，”皮埃尔先生说，“接下去我们谈精神上的快感。

可曾记得这样的时候，在美轮美奂的画廊或博物馆里，你突然停下脚步，目光无法从一尊极富刺激性的裸体躯干雕像上移开——天啊，是用青铜或大理石雕成的。我们可以把它称之为艺术的快感，它在生活中占有重要地位。”

“我看也是，”罗得里格·伊万诺维奇用鼻音说，望着辛辛纳特斯。

“再说美食方面的快感，”皮埃尔先生继续说。“你看枝头上挂满各种上好水果；你看屠夫和他的帮手拖着一头猪，猪长声尖叫，仿佛正被宰杀；你看那精致的盘子上放着一大块猪油；你看那佐餐酒和樱桃白兰地；你看那鱼——我不了解你们还喜欢些什么，但是我对太阳鱼情有独钟。”

“我也好这一口，”罗得里格·伊万诺维奇深表赞同。

“如此美妙的宴席必须割舍，还有很多别的东西也必须割舍：欢乐的音乐，心爱的小玩意儿，如摄影机和烟斗；友好的叙谈；排泄时的痛快，有人把这种痛快与爱的快感相提并论；饭后睡觉；抽烟……还有什么呢？心爱的小玩意儿……对，这已经说过了”（他又拿出那张草稿纸来看）“快感……我也已经说过了。总之，别的东西还有很多……”

“我可以做点补充吗？”监狱长有意讨好地问，可是皮埃尔先生却摇头拒绝：

“不，这就够了。我看我已经在我亲爱的同事的心灵面前展示了各感官领域的无穷乐趣……”

“我只想在食物方面说几句，”监狱长话音很低。“我认为有些细节还是可以提一提。例如，就说肉汤吧……好，好，我什么也不说了，”他遇到了皮埃尔先生的目光，慌忙打住。

“好吧，”皮埃尔先生对辛辛纳特斯说，“对这一切你有什么要说？”

“我有什么可说的？”辛辛纳特斯说，“令人讨厌、强加于人的胡说八道。”

“他已无可救药，”罗得里格·伊万诺维奇大声说。

“他是装的，”皮埃尔先生说，脸上露出不祥的皮笑肉不笑。“相信我的话，他完全能感受我所描绘的各种现象的充分美妙之处。”

“……但有些东西他不能理解，”罗得里格·伊万诺维奇插话，语气平和。“他不理解，如果现在他能老实承认自己作风上的错误，老实承认他和你我喜欢同样的东西——例如，第一道菜要上甲鱼汤——大家都说喝起来感觉特好——也就是说，我只是想看到，如果他老实承认了，忏悔了——对，是忏悔——这是我的观点——他就还有些渺茫的——我不想说是希望，但是仍然……”

“我把体操给漏掉了，”皮埃尔先生核对他那份草稿上写的内容，咕哝了一句。“真可惜！”

“不，不，你说得很好，非常好，”罗得里格·伊万诺维奇叹了口气。“再好不过了。你唤醒了在我心中沉睡了几十年的各种欲望。你要再待一会儿？还是和我一起走？”

“跟你一起走。他今天老绷着脸，看都不看你一眼。你对他说得再好，他还是生气不说话。我的要求很低——说句话，点个头。哎，实在没办法。咱们走吧，罗得里格。”

他们刚走不久，灯就灭了，辛辛纳特斯摸黑回到自己床上（发现别人遗下的灰末实在令人讨厌，可是没有别的地方可躺）。他伸展四肢，把软骨和脊椎弄得噼里啪啦响，以此释放自己的郁闷情绪。他吸了一口气，屏住四分之一分钟以上。可能只是个石匠在修理什么东西。也许是听觉差错：这一切可能发生在很远很远的地方（他把气呼出来）。他仰卧着，扭动从毛毯底下伸出来的脚趾，时而面对不可能实现的拯救，时而面对不可避免的处决。灯突然又亮起来。

罗迪恩回来取凳子，用手不断抓挠长满红毛的胸部。他看到自己要找的东西，当即坐在上面，发出响亮呼噜一声，用一只大手掌按摩自己的下脸部，显然是准备要打个盹儿。

“他还没来吗？”辛辛纳特斯问。

罗迪恩立马站起来，搬起凳子走了。

啪嗒一声。屋里又黑了。

或许是因为审判之后已经过了一整段时间——两个星期，或许是因为逐渐逼近的友好声音给他带来了改变命运的希望，辛辛纳特斯这一夜在心里反复回顾着自己在要塞里度过的时光。无意识听凭逻辑发展的诱惑，无意识（小心点，辛辛纳特斯！）地把互相分开时完全无害的一切东西锻造成一根链条，于是他把无意义的东西变成有意义，把无生命的东西变成有生命。此时以完全的黑暗为背景，他让平常来访的一切人物在聚光灯下出现——他在想象中如此傲视他们，这还是头一回。其中有那位令人讨厌的小个子囚友，发亮的脸，像辛辛纳特斯幽默的内弟前天送来的那只蜡制苹果；有烦躁不安、身材清瘦的律师，长礼服袖子里面的衬衫袖口敞开着；有神情严肃的图书管理员；有戴着光滑黑色假发、身材肥胖的罗得里格·伊万诺维奇；有埃米；有马思全家；有罗迪恩和其他人，模糊的警卫和士兵——通过想起他们——也许并不信任他们，但还是会想起他们——辛辛纳特斯给了他们生存的权利，用自己支撑着他们，哺育着他们。除了这一切以外，那激动人心的敲打声随时可能再次出现，这种可能性产生的效果有如对令人陶醉的音乐的热切期待——其结果是辛辛纳特斯处在一种奇怪、过敏、危险的状态之中——远处的时钟敲响了，声音越来越欢快——此时，这些被照亮的人物从黑暗中出现，手拉手围成一圈——他们轻轻向一边摆动，左右摇晃，缓慢走动，开始绕起圈子来，起初有些生硬拖沓，但是后来逐渐变得均匀、自在、快速起来，此时他们很认真地旋转着，他们的肩膀和脑袋的巨大阴影从石头拱顶上反复闪过，速度越来越快。照例必有的小丑在转圈时把腿踢得很高，以此逗乐他那些比较拘谨的伙伴，结果他令人憎恶的腾跃在墙上映出许多又粗又黑的曲折线条。

一五

上午静悄悄地过去了，但是下午大约五点钟，使劲挖掘的声音又响了起来：不管他是何人，他干得很疯狂，不顾一切地连续挖掘，发出清脆的声音，但是实际上从昨天以来并没有逼近多少。

突然，一桩非同寻常的事情发生了：墙内的什么障碍物垮塌了，此时声音变得清晰有力（一下子从背景走到前台，直至脚灯处），显然已经逼到眼前了：他们已近在咫尺，只隔一层薄墙，而且正在像冰一样融化，随时可能凿穿。

这时，囚犯认定行动的时候到了。他火急火燎，全身发抖，但仍极力控制自己。他钻出被窝，穿上胶鞋、亚麻裤子和他被捕时身上穿的那件茄克。他找出一条手帕，两条手帕，三条手帕（眼前闪过好几条被单系在一起的幻象）。为防万一，他把偶然发现的，还连着木把，用于提包裹的一根绳子放进口袋（无法全部塞进去——末端还悬在口袋外）。他冲回床边，打算把枕头拍松，盖上毛毯，让人家看了好像一个人还在睡觉。他没有这样做，而是冲向桌旁，打算把他自己写的东西带走，但是到了半途他又改变了方向，因为那欢欣鼓舞、疯狂的猛烈撞击声把他的思想打乱了……他笔直站立，双手垂在裤缝处。此时他的梦想完全实现了，距地面大约一码处的黄色墙壁上裂开闪电似的一道缝，并立即从里面鼓出来，突然豁开一个大口子。

从黑洞里爬出来的是皮埃尔先生，周围全是瓦砾，手里拿着鹤嘴锄，全身是白色灰尘，在尘土中扭动拍打，像条胖鱼，发出阵阵笑声。紧跟在他后面出来的是罗得里格·伊万诺维奇，但他像螃蟹一样先露出后背，上衣裂开一个口子，白色的棉絮突出来。他没有穿外衣，满身是各种各样的碎片，同样捧腹大笑。他们俩从洞里滚出来之后，坐在地板上，毫无顾忌地笑得前仰后合，从开怀大笑转为轻声的笑，然后又是大声狂笑，两次狂笑之间发出可怜的尖叫，同时不断互相推搡，相互把对方扑倒在地……

"是我们干的，是我们，就是我们，"皮埃尔先生终于费力地说出话来，转过沾满白垩的脸，面对辛辛纳特斯，此时随着一声滑稽哨声响，他的黄色小型假发竖了起来，然后又回归原处。

"的确是我们，"罗得里格·伊万诺维奇用不寻常的假声说，再次开始纵声大笑，甩起柔软的双腿，脚上套着马戏团笨拙型小丑奇形怪状的鞋罩。

皮埃尔先生突然静下来，说了声“啃！”他从地板上站起来，用一只手掌拍另一只手掌，回过头去看墙上的洞：“我们还真干了不少活，罗得里格·伊万诺维奇！快，站起来，我的好朋友，这就够了。干得还真棒！这下好了，我们现在可以使用这条豪华的隧道了……请允许我请你，亲爱的邻居，过来和我一起喝杯茶。”

“如果你竟敢碰我……”辛辛纳特斯咕哝着。此时，他的一边站着满身灰白、满头大汗的皮埃尔先生，随时准备抱住他，把他推进隧道，站在另一边的是罗得里格·伊万诺维奇，也张开双臂，双肩裸露，假领松开歪向一旁，两个人都憋足了劲，向他紧逼过来。辛辛纳特斯别无选择，只有一个方向可走，那就是摆在他面前的隧道。皮埃尔先生从后面轻轻推他，帮助他爬进隧道口。“和我们一起来吧，”他对罗得里格·伊万诺维奇说，但是后者以衣冠不整为由加以拒绝。

辛辛纳特斯躺平身子，双眼紧闭，手足并用爬了进去，皮埃尔先生爬在他后面。漆黑中充满垮塌声和碎裂声，从四面八方朝辛辛纳特斯挤压过来，压到了他的脊柱，刺痛了他的手掌和两膝。辛辛纳特斯多次发现自己爬进了死胡同，这时皮埃尔先生就使劲拽他的小腿肚，拉他退出死胡同。时刻都有墙角、尖突，他也搞不清是什么东西，碰得他脑袋很痛。总之，他已经被如此可怕、有增无减的沮丧所压倒，如果不是还有一个气喘吁吁的伙伴在后面不断用头顶他，他早就躺下当即死了。然而，他们在狭窄漆黑中（有一个地方，旁边有一盏红灯笼给黑暗送来了些许朦胧的光芒）爬了很长时间之后，经历了挤压迫近、暗无天日、闷热难当之后，终于到了一个拐弯处，最后爬到了出口。辛辛纳特斯笨拙、胆怯地从墙洞里跌下来，落到了石头地板上，这里原来是皮埃尔先生充满阳光的囚室。

“欢迎，”主人跟在他后面爬出来说。他立即取出一把衣刷，开始熟练地为不断眨眼的辛辛纳特斯刷去身上的尘土，在可能的敏感部位上，他的动作特别轻柔。他一边刷，一边弯下身子，绕着辛辛纳特斯转圈子，像是要用什么东西把他缠起来一样。辛辛纳特斯一动不动地站着，为一个极为简单的想法感到震惊，准确地说，不是被想法所震惊，而是为自己没有更早想到所震惊。

“如果你不介意，我想换换衣服，”皮埃尔先生说，随手脱下沾满尘土的毛背心。有一瞬间，他假装无意中屈起手臂，斜睨一眼自己青绿色和白色相间的二头肌，同时散发出他特有的臭气。他的左乳头周围有一处颇具想像力的文身——两片绿叶——于是乳头本身看起来就像一个玫瑰花蕾（用杏仁蛋白糊和糖制当归做成）。“请坐，”他说，随即穿上一件有阿拉伯式花饰的长袍。“我只有这一件衣服，但它毕竟还是我的。你看得出，我的住所几乎和你的完全相同。惟一的差别是我保持干净并加以装饰……我尽最大努力进行装饰。”（他轻轻喘气，像是无法控制自己的激动。）

我搞装饰。墙上有挂历，上面是一幅描绘日落时分要塞的水彩画，数字是绯红色的。床上铺的是一条百衲被式的毛毯。上方挂着一些淫秽照片和皮埃尔先生合乎礼仪的照片，是用图钉固定的。一把折叠式纸扇从骨架边缘后面露出波纹状褶痕。桌上有一本鳄鱼皮相册，一只金色旅行钟的钟面在闪光，五六朵丝绒般光滑的圆三色堇花，从绘有德国风光的大瓷杯擦亮的杯缘上探出头来东张西望。在囚室的一个角落里，有一只大箱子，可能装着某种乐器。

“我能在自己这个地方见到你特别高兴，”皮埃尔先生一边说一边来回踱步，每次从斜射的阳光中经过时，泥灰尘土仍然在光束中飞舞。“我觉得，一个星期以来，我们已经结成了亲密的朋友，相处得很好，彼此诚挚相待，这种情况是很罕见的。我看得出来，你很想知道箱子里面装的是什么东西。让我（他吸了一口气），让我先把话说完，然后再让你看……”

“我们的友谊，”皮埃尔先生继续说，仍是一边踱步一边轻轻喘气，“是在一座监狱温室般的气氛中开花的，是共同的忧虑和共同的希望哺育起来的。我认为，在全世界，现在我比任何人了解你，当然也比你的妻子对你的了解更深刻。因此，当你对别人表现出恶意或不体谅的感情时，我觉得特别痛苦……例如，刚才，我们高高兴兴地去看你，罗得里格·伊万诺维奇满怀好意、满腔热情地给你制造惊喜，你却装出无动于衷的样子，这对他又是一种侮辱——别忘了他岁数已经不小，自己也有很心烦的事。不，现在我不想谈这些了……我只是想证实，你再微小的感情变化也逃不过我的眼睛，因此，我个人认为，那众所周知的指控并不是很公平的……在我眼里，你是透明的——请原谅我用一个不落俗套的比喻——就如在经验丰富的新郎目光中，满脸羞红的新娘是透明的一样。我不知道怎么回事，呼吸有些问题——对不起，一会儿就过去了。但是，如果我已经对你研究得如此深入——为什么还要保密呢？——而且我已经开始喜欢，非常喜欢你了，在这种情况下，你也必须对我有所了解，习惯和我相处——不仅如此，还应依附我，就像我依附于你一样。要获得这样的友谊——这是我的第一任务，看来我已经成功地完成了。很成功。现在咱们该喝茶了。他们为什么还不把茶送上来，真是叫人无法理解。”

他抓住自己的胸口，在辛辛纳特斯对面的桌旁坐下来，但很快又跳了起来，从枕头底下取出一个摩洛哥羊皮革皮夹，从皮夹中取出一个软皮护套，从护套中取出一把钥匙，走到角落里放大箱子的地方。

“我看得出来，你对我的利索劲儿颇感惊诧，”他一边说，一边小心地把立着的箱子放倒在地，看样子那箱子很笨重。“可是你要明白，干净利索可以为孤独的单身汉生活增添色彩，他可以向自己证明……”

他把箱子打开。箱子里黑丝绒上放着一把又宽又亮的斧头。

“……向他自己证明他的确有一个小小的窝……一个小小的窝，”皮埃尔先生继续说着，把箱子又锁了起来，把它靠在墙上，他自己则弯下身子，“一个他应该拥有的小小的窝，是他亲手建造起来的，充满了他的热情……总而言之，这里面有一个重要的哲学问题，但是某些迹象表明，我认为你和我一样，现在没有谈论这些问题的心情。你知道该怎么办吗？我倒有个建议：我们一起喝茶的事以后再说，但是现在你应该回到自己的房间去，躺下来休息一会儿——就这样，你走吧。咱俩都还年轻——你不应该在这里继续待下去。明天他们会向你做出解释，但是现在请你走。我也很激动，我也不能完全控制自己，你应该明白这一点……”

辛辛纳特斯一声不吭地拨弄着上了锁的门。

“不，不——你应该使用我们的隧道。我们费了那么大的劲，不是没有目的的。爬进去，爬进去。我对洞口做了点装饰，否则它不好看。你走吧。”

“我自己走，”辛辛纳特斯说。

他从黑糊糊的洞口爬进去，双膝又被碰得很痛，于是开始手足并用，在狭窄的黑暗通道中不断向深处爬去。皮埃尔先生在他后面高声喊叫有关喝茶的事，接着显然是把帘子拉上了，因为辛辛纳特斯感到自己已经与刚才那间明亮的囚室割断了联系。

在污浊的空气中困难地呼吸，撞上尖利的突出物——觉得隧道随时可能垮塌下来，但也不特别害怕——辛辛纳特斯盲目地在蜿蜒的通道中摸索前进，发现自己爬进了石头死胡同，便像某种有耐心的动物一样往后退，摸清隧道的延伸方向，继续往前爬。他迫不及待地想躺在柔软的东西上，即便只是他的床，用被子把头蒙起来，什么都不想。这一趟回程拖延良久，始终担心爬进死胡同，但他不顾擦破双肩皮肤，还是一个劲地拼命往前爬。空间狭窄使他头晕，他正决定要停下来，仰卧，想象自己就躺在床上，安然入睡，他正在爬的平面突然开始倾斜，他发现前方的一道裂缝有微红色的光芒，嗅到了一股潮湿和发霉的气味，仿佛自己已经从要塞城墙深处进入一个天然洞穴，洞穴不高，顶上挂着许多蜷曲的蝙蝠，像一个个皱巴巴的水果，它们用一只爪子吊着，头朝下，正在等待它们的信号。在强烈的光线中，裂缝豁然展开，傍晚的清新空气扑面而来，辛辛纳特斯从一道岩石裂缝爬进了自由境界。

他发现自己来到了一个草皮覆盖的斜坡上，众多的斜坡像墨绿色的波浪，在岩石和要塞的防御土墙中间，在不同的高度上层层叠叠起伏着。起初，他因突然自由、海拔高和周围空旷而感到眩晕，于是紧紧抓住湿润的草皮，除了黄昏中的燕子用它们黑色的剪刀剪断五彩天空，同时发出尖声鸣叫之外，几乎什么也没有注意到。晚霞已经染红了半边天，在他脑后巍然矗立的是朦胧、陡峭、险峻的石头要塞，他像一滴水刚从要塞里渗出来，脚下则是奇形怪状的悬崖峭壁和弥漫着红花草气味的薄雾。

他终于缓过气来，习惯了令人目眩的强光，习惯了自己身体的颤抖和从他心中涌出、在远方回荡的自由。他把后背贴在岩石上，面对朦胧的景色陷入沉思。俯瞰山下，暮色渐浓，缕缕薄雾缭绕，他几乎看不清那座装饰华丽的拱桥。更远处，在另一边，是模糊不清的蓝色城市，一个个窗户像余火未尽的煤块，如果不是落日余晖的映照，便是城市自费点起了灯。斯蒂普大街上的街灯被逐一点燃时，他可以看出它们像明亮的珠子逐渐连成一串——大街上端有一个特别清晰雅致的拱形。城市以远，一切趋于朦胧，模糊，以至消失。但是在看不见的公园上空，在天空的玫瑰色深处，有一串半透明火一般的碎云，其下缘是一长条紫色云堆，中间有些罅隙——辛辛纳特斯向更远更远处眺望，橡树覆盖的小山闪烁着威尼斯绿，渐渐阴暗下来。

他陶醉，他虚弱，在粗糙的草皮上滑跤，恢复平衡，开始顺坡下行。此时，一处黑色有刺灌木丛突然窸窸作响，像是发出某种预警，紧接着，埃米立即从防御土墙一个突出部后面飞奔而出，朝他猛冲过来，她的脸和双腿被落日染成了粉红色。她紧紧抓住他的手，拖着他往前跑。她的全部行动显露出激动和发疯似的匆忙。“我们上哪儿去？下坡？”辛辛纳特斯结结巴巴地问，因为焦急而笑起来。她领着他沿着要塞墙迅速前行。墙上一扇绿色小门开启了。向下的阶梯难以看清，在脚下走过。又有一扇门嘎吱作响，进了门是一条昏暗的通道，有几只箱子，一个衣柜，靠在墙上的一架梯子，还有一股煤油的气味。现在明白了，他们是从后门走进了监狱长的套房。埃米不再紧紧抓住他的手指，实际上已经漫不经心地松开了。她带他走进餐室，他们全都围坐在一张点了灯的椭圆形桌旁喝茶。罗得里格·伊万诺维奇胸前围着大餐巾，他的妻子——单薄，有雀斑，白睫毛——正把椒盐卷饼递给皮埃尔先生，他身穿一件俄罗斯衬衫，上面绣有雄鸡图案。俄国式茶炊旁，一只篮子里放着各种颜色的毛线球和亮铮铮的织针。一个尖鼻子干瘪丑老太婆，戴头巾式室内女帽，黑色披肩，弯着身子坐在桌子一端。

监狱长见到辛辛纳特斯不禁目瞪口呆，嘴角淌出口水。

“呸，你这淘气的孩子！”监狱长的妻子对埃米说，略带德国口音。

皮埃尔先生正在搅茶水，故作庄重地低下头。

“搞这样的恶作剧是什么意思？”罗得里格·伊万诺维奇说，瓜汁不断从嘴里滴下来。“更不用说这样做违反了所有的规定！”

“别理他们，”皮埃尔先生说，眼睛都不抬一下。“他们俩毕竟都是孩子。”

“她的假期快结束了，于是便想搞个恶作剧，”监狱长的妻子插话。

埃米在桌旁坐下，故意让椅子腿摩擦地板发出刺耳的声音，一副烦躁不安的样子，不断把嘴唇舔湿，早已把辛辛纳特斯彻底遗忘，开始把糖（糖立即显出橙色）摊在一片长满柔毛的瓜上，接着便大口大口咬着吃，双手抓住瓜片两端，瓜片几乎触及双耳，肘部撞到邻座身上。她的邻座继续一口一口抿茶，用第二、三两个指头夹住从杯里伸出的茶匙，但他悄悄把左手伸到桌子底下。“唷！”埃米因怕痒而惊叫一声，但是她的嘴并没有离开瓜。

“你就暂时坐在那儿，”监狱长用水果刀指着一张有椅背套的靠背椅对辛辛纳特斯说，椅子孤零零地放在打褶悬挂的窗帘旁。“我们喝完茶，我就带你回去。我叫你坐下。你怎么啦？他出了什么毛病？真是个笨头笨脑的家伙！”

皮埃尔先生向罗得里格·伊万诺维奇探过身去，有点脸红地对他说了些什么。

后者的喉咙里照例发出雷鸣般的声响。

“好啊，恭喜，恭喜，”他说，极力不让自己的声音一阵阵爆发出来。“这可是好消息！——你早该通知他——我们全都……”他瞥了辛辛纳特斯一眼，准备开始发表正式——

“不，别这样，我的朋友，别让我尴尬，”皮埃尔先生低声说，摸了一下衣袖。

“不管怎么说，你不会拒绝再喝一杯茶吧，”罗得里格·伊万诺维奇用开玩笑的口吻说，经过一番思考和咀嚼之后，他对辛辛纳特斯说。

“嘿，别愣在那儿，你可以利用这个时间看看相册。孩子，快把相册拿给他。她”（用水果刀做了个手势）“就要回学校去了，我们这位亲爱的客人特地为她做的——为她做了一 ——对不起，派奥特尔·彼得罗维奇，我忘了你把它叫做什么了。”

“是一本摄影算命册，”皮埃尔先生有点羞怯地说。

“柠檬还要放在茶里吗？”监狱长的妻子问。

高悬的煤油灯照不到餐室的后部（那里只有一个钟摆，随着时间一秒一秒不断流逝，一闪一闪地发出一点光芒），但它用充满家庭气氛的光把铺得很舒适的桌子照得通亮，灯光逐渐化为饮茶礼仪的丁当声。

一六

让我们冷静下来。蜘蛛已经用大理石花斑前肢吸干一只毛茸茸的飞蛾和三只家蝇，但还是没有吃饱，仍死死盯着门口不放松。让我们冷静下来。辛辛纳特斯全身伤痕累累，青一块紫一块。冷静下来，什么也没有发生过。昨天晚上，他们把他带回囚室时，两名雇员正往刚挖不久的洞口上抹灰泥，已接近尾声。现在那地方的惟一特征是旋涡形油漆比别处更圆更厚。墙壁重新恢复又盲又聋的不可穿透状态，面对此情此景，他有一种喘不过气来的感觉。

前一天留下的另一个痕迹是那本鳄鱼皮相册，上面有银灰色花押大字，相册是他昨天一时胆怯不经意间捎带过来的，那是工于心计的皮埃尔先生拼凑起来的独一无二的摄影算命册，也就是表现某个人完整一生的自然历程的一系列照片。它是怎么做出来的呢？原来是这样的：对埃米现在的各种脸部快照进行全面修整，用其他人的照片作为补充——为服装、家具和环境之故——创造出她未来人生的整个布景和舞台道具。照片一张接一张粘在用金边硬纸板做成的多边形小框里，用小型字体注明日期。这些轮廓清晰、乍一看十分真实的照片，首先表现的是埃米当前的情况；接下去是十四岁，一手拿着公文包；再接下去是十六岁，穿紧身衣和短裙，背上长出气体状的翅膀，放松地坐在一张桌子旁，举起一杯酒，和一群浪荡公子厮混在一起；再往后是十八岁，衣着妖冶，站在瀑布上方的栏杆旁；再往后……噢，还有许多照片，神态各异，姿势不同，最后一张平卧的照片也不例外。

通过修整和其他各种摄影技巧，埃米的脸部实现了渐进式变化的效果（顺带说一句，这位魔术师利用了她母亲的照片）。但是你只要贴近仔细看，就会觉得恶心，这些模仿时光变化之作，所用的手法全是老一套，显然毫无新意。埃米身穿毛皮衣服，手抱鲜花贴在肩部，正要离开舞台，但她的脚却是从来没有跳过舞的。另一张照片表现她已披上新娘婚纱，她身旁的新郎又高又瘦，但却有一张皮埃尔先生的小圆脸。三十岁时她脸上已经有了看上去像皱纹的东西，但那是画上去的，毫无意义，毫无活力，对皱纹的真实意义毫无理解，在行家眼里显得特别荒唐可笑，就像把摇动一棵树的树枝等同于聋哑人的手语一样。到了四十岁，埃米已经快死了——说到这里，请允许我祝贺你犯了个逆向错误：她那张死气沉沉的脸绝对冒充不了死人脸！

罗迪恩把相册拿走，咕哝着说这位小姐就要走了，可是当他再次出现时，他觉得有必要正式宣布这位小姐已经走了：

(叹气)“走了，走了……”(对蜘蛛)“够了，你已经吃够了……”(伸开手掌)“我没有什么东西给你吃了。”(再对辛辛纳特斯)“往后会很沉闷，我们的小女儿不在，这里会很沉闷……她到处跑，轻快得像飞一样，她制造出来的音乐多动听，这宠坏了的小宝贝，她是我们的金花。”(停顿。然后用不同的口气)“怎么啦，可敬的先生，你为什么不再提那些难以回答的问题了？啊？也罢，也罢，”罗迪恩令人信服地自问自答，摆出一副尊贵的模样走了。

晚餐过后，皮埃尔先生来了，这一回打扮得很体面，不再穿监狱囚服，换上一件丝绒茄克，还附庸风雅地打了个蝶形领结，脚蹬高跟新靴，靴子发出的嘎吱声令人疑虑丛生，靴筒光洁闪亮（这使他变得有些像歌剧中的伐木人）。跟在他后面进来的是罗得里格·伊万诺维奇，他毕恭毕敬地让皮埃尔先生走在前头，让他先说话，什么都让着他。同时进来的还有提着公事包的律师。这三个人径自坐在桌旁的柳条椅上（椅子是从等候室搬来的），辛辛纳特斯则在囚室里来回走动，独自与羞人的恐惧作斗争，但不久他也坐了下来。

律师笨拙地（但这是经过反复练习，十分熟练的笨拙）

摆弄着公事包，猛地拉开黑色颊板，一半放在膝盖上，一半靠在桌边上——不是膝盖这边滑下去，就是桌旁那边滑下来——取出一大本拍纸簿，把公事包锁上，更准确地说是扣上，由于文件夹太听话，这一下并没有扣在夹头上。他正要把它放在桌子上，但马上又改变了主意，抓住它的拎环，让它垂到地板上，靠在一条椅子腿上，那样子就像一个有气无力的醉汉。接着，他从翻领上取下一支漆皮铅笔，打开拍纸簿，旁若无人地开始用均匀的字体写满一页又一页活页纸，然而，正是他这种旁若无人的态度，更加彰显出他手下铅笔的快速动作与大家聚在这里开会之间的关系。

罗得里格·伊万诺维奇坐在安乐椅上，稍往后靠，他那结实的背部压得椅子嘎吱作响，一只有点发紫的手放在扶手上，另一只手插进礼服大衣胸部。每过一会儿，他就甩一下松垂的脸颊和下巴，下巴扑过粉，像一块撒有糖粉的土耳其软糖，似乎是要甩掉什么黏稠而有附着力的东西。

皮埃尔先生坐在中间，从细颈瓶里为自己倒出一杯水来，然后小心翼翼地把双手放在桌子上，手指互相交织在一起（小手指上一只人造蓝宝石闪闪发光）。他垂下眼帘大约十秒钟，极为认真地考虑自己的讲话该如何开头。

“诸位大度的先生们，”皮埃尔先生终于朗声说道，眼睛仍未抬起来，“首先，最重要的是，请允许我用简单的几句话概括一下我已经完成的任务。”

“你就说下去吧，我们求你了，”监狱长用洪亮的声音说，身子一动，椅子发出严厉的嘎吱声。

“诸位先生当然知道，我们这个行业的传统，为什么会要求有一套有趣的神秘化程序。你们说，如果我一开始就暴露自己的身份，同时对辛辛纳特斯·C表示友好，会是什么结果？先生们，这样做肯定会引起他的反感，使他惊恐万状，使他充满敌意——简而言之，我就犯下了一个致命的错误。”

演讲人从杯子里抿了一口水，小心地把它放在一旁。

他扑闪着眼睫毛继续说：“我用不着解释，为了我们的共同事业取得成功，那种亲密无间的温馨气氛是多么重要。凭着耐心和宽容，这种气氛已经在被判决者和执行判决者之间逐渐形成了。回首过去那些漫长的野蛮日子，很难甚至不可能不为之颤抖，两个人，彼此完全不认识，彼此完全陌生，硬是被无情的法律联系在一起，直到举行圣礼之前的最后时刻才被迫彼此见面。现在，这一切已经发生了变化，就像古老野蛮的婚礼，更像是拿一个活人去做牺牲——惟命是从的处女被父母硬推进一个陌生人的帐篷——随着时间的推移已经发生了变化。”

（辛辛纳特斯在口袋里摸到一块锡纸包装的巧克力，开始使劲捏它。）

“因此，先生们，为了与死囚建立起最友好的关系，我搬进了一间和他的囚室一样阴暗的牢房，把自己伪装成和他一样的囚犯，如果不是比他更像的话。我的善意骗局只能成功，因此我不会有任何自责之意，但是我的确希望，我们的友谊之杯不被一丁点儿痛苦所毒化。尽管现在有目击证人在场，而且我知道自己是绝对正确的，我还是要请”（他向辛辛纳特斯伸出一只手）“你宽恕。”

“做得对，你堪称足智多谋，”监狱长低声说，他那对青蛙眼因激动而湿润。他拿出一条折叠手帕，准备擦频频抖动着的眼皮，但是经过考虑后改变了主意，用严厉、期待的目光盯着辛辛纳特斯。律师也瞥了他一眼，但只是顺带而已。同时他的嘴唇无声地动着，那样子就像他在写字，也就是说，他不打断与字行之间的联系，字行虽已从纸上分离出来，但是随时准备立即继续写下去。

“把你的手伸出来！”监狱长大声咆哮起来，他使劲往桌上一拍，用力过猛伤了拇指。

“你别这样，如果他不愿意，你不要强迫他，”皮埃尔先生温和地说。“这毕竟只是一种形式而已。咱们接着说吧。”

“噢，你真是个正直的人，”罗得里格·伊万诺维奇激动得声音发颤，深情地望了一眼皮埃尔先生，目光之亲切有如一吻。

“咱们接着说吧，”皮埃尔先生说。“在此期间，我已经成功地与我的邻居建立起密切的友谊。我们共同度过了……”

辛辛纳特斯往桌子底下看。皮埃尔先生由于某种原因不禁失色，开始显得坐立不安，向下斜视一眼。监狱长掀起油布一角，也往下看，然后又用怀疑的目光盯住辛辛纳特斯。律师则进行一番探究，环顾周围每一个人，继续写下去。辛辛纳特斯直起身来。（没什么特别的事——他的小锡纸团掉在了地上。）

“我们共同度过了，”皮埃尔先生用受委屈的声调说，“漫漫长夜，互相交谈，一起玩游戏和各种娱乐活动。我们像孩子一样比力气。我，可怜弱小的皮埃尔先生自然，噢，自然比不过我这位强壮的同龄人。我们无所不谈——比如性和其他高尚的话题，小时过得像分钟一样飞快，分钟过得像小时一样充实。有时，在平和的静默中……”

此时，罗得里格·伊万诺维奇突然吃吃笑了起来。“太妙了，‘自然’，”他低声说，对这一笑话的理解显得有点晚。

“……有时候，在平和的静默中，我们并肩而坐，几乎相互搂抱着，各想自己的朦胧心事，当我们开口说话时，两个人的思想就像河流一样汇到了一起。我把自己的风流经历拿出来与他共享，教他下棋，不失时机讲述逸事让他开心。我们的日子就是这样过的，结果现在就摆在你们面前。我们彼此有了感情，现在我对辛辛纳特斯的灵魂结构的了解，如同对他脖子结构的了解一样透彻。这样一来，帮助他登上血淋淋台阶的就不再是一位可怕的陌路人，而是一位亲切的朋友，他就能毫无恐惧地把自己交给我来处置——永远，甚至处死。让公众意志得以实现！”（他站起来，监狱长也站起来，律师忙着写字，只欠了欠身子。）

“好吧。现在，罗得里格·伊万诺维奇，我要请你正式宣布我的头衔，对我作个介绍。”

监狱长连忙戴上眼镜，仔细看着一张纸片，像用了喇叭筒那样大声对辛辛纳特斯说：

“好吧——这位是皮埃尔先生。简单地说，他就是死刑执行人……对此我深感荣幸，”他补充道，带着一脸惊讶的表情坐回椅子里去。

“得了，你的介绍不怎么样，”皮埃尔先生不高兴地说。“毕竟是有一些正式的程序形式，必须严格遵循。我绝不是迂夫子，但是在如此重要的时刻……你把手放在胸前无济于事，只能算是拙劣的表演，朋友。不，不，你坐着，这就够了。现在咱们继续。罗曼·维萨里奥诺维奇，程序表在哪儿？”

“我给过你了，”律师不假思索地说。“但是……”他开始在公事包里翻找。

“我找到了，别忙活了，”皮埃尔先生说，“这么说……执行时间定在后天……地点是思里勒广场。他们选择的地点真是再好不过了……太棒了！”（继续宣读，低声咕哝着）“允许成年人入场……马戏团订票的票根将得到承认……还有，还有，还有……死刑执行者穿红裤子……接下去净是胡说八道——他们做得太过分了，通常……”（对辛辛纳特斯）“后天，定了。你懂吗——？明天，依照值得称道的惯例，你和我必须一起去拜访城市元老们——我想你应该有这份名单，对吗，罗得里格·伊万诺维奇？”

罗得里格·伊万诺维奇开始在穿着棉衣的身上到处拍打，眼睛骨碌碌转，出于某种原因还站了起来。名单终于找到了。

“这下好了，”皮埃尔先生说，“把它放进你的档案吧，罗曼·维萨里奥诺维奇。我看事情办妥了。根据法律，现在发言权属于——”

“噢，不，不必多此一举了……”罗得里格·伊万诺维奇急忙打断他的话。“这毕竟是很陈旧的法律了。”

“根据法律，”皮埃尔先生坚定地重复道，转向辛辛纳特斯，“现在你可以发言。”

“真是个老实人！”监狱长用爆发式的声音说，肉冻般的下巴直抖动。

接着是一阵静默。律师写得飞快，铅笔的闪动令人眼花缭乱。

“我可以等上整整一分钟，”皮埃尔先生说，把一块厚厚的手表放在自己面前的桌上。

律师忽动忽停地吸着气，开始收拾密密麻麻写满了字的纸张。

一分钟过去了。

“会议结束，”皮埃尔先生说。“咱们走吧，先生们。罗曼·维萨里奥诺维奇，你在拿去油印之前，会让我再检查一下细节，对吗？不，得等一会儿——现在我的眼睛太累了。”

“我应该承认，”监狱长说，“有时我不由自主觉得遗憾，怎么不再使用那……”他在门口侧过身在皮埃尔先生耳边说。

“你到底在说些什么呀，罗得里格·伊万诺维奇？”律师警惕地问。监狱长又低声对他重复了一遍。

“对，你说得对，”律师表示赞同。“但是，这可爱的小法律是可以绕过去的。例如，如果我们把喀嚓的时间多延长几次……”

“得了，得了，”皮埃尔先生说，“够了，不要再开玩笑了，我从不绕弯子。”

“不，我们刚才说的只是在理论上，”监狱长脸上堆满迎合的微笑，“只有在旧时代，当时可以合法使用——”门砰的一声关上，说话的声音在远处逐渐消失。

但是，马上又有一位客人来找辛辛纳特斯，——图书管理员，他是来取书的。他的脸又长又苍白，一圈尘黑的头发围着个秃顶，上身很长，穿淡蓝色毛衣，直打哆嗦，长腿上穿截短了的裤子——这一切制造出一种古怪、令人厌恶的印象，好像整个被挤扁压平了。然而，在辛辛纳特斯眼里，除了书尘，图书管理员身上还附着一层超然的人性。

“你一定听说了，”辛辛纳特斯说，“后天将是我的末日。我不会再借书了。”

“是不会再借了，”图书管理员说。

辛辛纳特斯接着说：“我想剪除几条带毒的真理。你有时间听吗？我想现在就说出来，在我已获准信之时……原来蒙在鼓里觉得压抑，其实是多么愉快……别再拿书来了……”

“你想看点有关神的书吗？”图书管理员建议。

“不必了，用不着麻烦了。我不想看那种书。”

“有些人想看，”图书管理员说。

“对，这我知道，但其实不值得花这个时间和精力。”

“可以打发最后一个晚上，”图书管理员颇为费劲地说完自己的想法。

“你今天话真多，”辛辛纳特斯微笑着说，“不用了，你把这些书全搬走。我没能看完《奎尔库斯》！噢对了，顺便告诉你，这本书送错了……这些小册子……是用阿拉伯语写的，对吗？……遗憾的是我没有时间去学习那些东方语言。”

“真可惜，”图书管理员说。

“这倒没关系，我的心灵可以弥补。等一等，你先别走。尽管我知道，当然，你只裹着一层人皮，从某种程度上说是如此，但是……我知足了，虽然几乎没有……后天——”

可是图书管理员颤悠悠地走了。

一七

根据惯例，处决前夜，被动参与者和主动参与者必须一起逐一对主要官员进行简短告别，但是为了进一步缩短这一礼仪的时间，决定相关人员都到副市政执行官的郊区居所聚首（执行官本人正在普里汤姆斯克访友，他是副市政执行官的侄子），辛辛纳特斯和皮埃尔先生顺便去拜访他们，大家一起吃顿便饭。

这是一个漆黑的夜晚，暖风劲吹，他们身披同样的斗篷，由六名执戟提灯笼的士兵护送，步行过桥，进入安眠的城市，避开大街，开始在沙沙作响的花园之间沿着一条布满燧石的小路往上攀登。

（在此之前，辛辛纳特斯曾在桥上回头，脑袋从斗篷的风帽中探出来：蓝色、复杂、多塔楼的巨大要塞直插晦暗的天空，空中一片云遮蔽了杏黄色的月亮。桥梁上方的夜空因有蝙蝠飞翔而闪烁抽动。"你答应过……"皮埃尔先生低声说，轻轻捏了一下他的手肘，辛辛纳特斯重新把风帽蒙在自己头上。）

这支夜行的队伍本来应该给人充满悲情、无忧无虑、哼着歌儿、窃窃私语的印象——心境平静如果不是印象之魂还能是什么呢？——到头来只是毫无表情、无足轻重地匆匆走过，就像在十分熟悉的环境中，在黑暗中，在五颜六色的白昼被清一色的黑夜取代之时。

在一条狭窄黑暗的小巷里，队伍踩得砾石嘎吱嘎吱响，空气中有杜松的气味。到了尽头处，突然出现一个明亮如同剧场的车行门廊，粉刷一新的柱子，三角墙上有雕带，盆栽月桂装点。仆人们像天堂里的鸟儿飞来飞去，羽毛撒落在黑白相间的花砖上。辛辛纳特斯和皮埃尔先生几乎不作停留，径直走进一个人声嘈杂的聚会大厅。所有的人都来了。

在这里，城市喷泉看管人通过他那一束颇具特色的头发一眼就能辨认出来；在这里，电报总管身上佩有金色徽章的制服闪闪发光；在这里，还有鼻子可憎、脸色红润的物资供应主管；起了意大利名字的驯狮员；耳聋但令人肃然起敬的法官；有穿绿色漆皮皮鞋的公园管理员；还有一大堆神情庄重、可尊可敬、头发灰白、面目可憎的人。在场的人中没有女士，除非有人要算上区教育局长，她是个很壮实的老太婆，身着灰色男式礼服大衣，脸颊大而平，光滑的发式像钢一样闪光。

有人在拼花地板上滑了一跤，大家一阵哄堂大笑。枝形吊灯上有一支蜡烛掉下来。有一口小棺材摆在那里展示，有人已经在上面放了一束花。与辛辛纳特斯站在一起的皮埃尔先生，正是提醒他照管的人注意这些现象。

然而，就在此时，主人，蓄山羊胡子的黝黑老板，拍了拍手。门猛地打开，大家一起拥进餐厅。皮埃尔先生和辛辛纳特斯并肩坐在一张耀眼的桌子上首，大家的目光开始注视这两位身穿同样埃尔西诺夹克的人，起初还有所克制，后来公然表现出善意的好奇——有些人甚至偷偷向他们传递温情。在皮埃尔先生的嘴唇逐渐露出淡淡笑意并开口说话时，客人们的目光越来越公开地集中到他和辛辛纳特斯身上，辛辛纳特斯正从容不迫、认真而专注地——仿佛是在寻找一个问题的答案——以各种不同方式试图让鱼刀保持平衡，一会儿放在盐瓶上，一会儿放在叉子的内曲处，一会儿靠在细长水晶花瓶上，花瓶里插着一朵白玫瑰，显然是为他的座位增添的装饰。

男仆是从城里最机敏的花花公子中征集来的——是城里华而不实青年的最优秀代表——他们轻快地送菜上桌（有时甚至端着盘子跃过桌子），人人都注意到皮埃尔先生对辛辛纳特斯彬彬有礼的关照，他小心地把一块精选的美味食物放在辛辛纳特斯的盘子里，谈话时脸上的笑容立即转变为瞬间的严肃。然后他那张粉红、无毛的脸上又恢复先前并非由衷的欣喜表情，继续他的诙谐对话，这一次是对全桌人说的——突然，他略微向前探出身子，抓住船形肉卤盘或胡椒瓶，用疑惑的目光盯住辛辛纳特斯。可是辛辛纳特斯什么食物也没碰过，只顾一声不响、神情专注、煞费苦心地反复摆弄那把鱼刀。

“你的话，”皮埃尔先生转向城市交通部长，乐呵呵地说。部长刚才趁隙插了一句话，此时正满怀喜悦地期待着对方作出富有启迪性的回答，“你的话使我想起了关于希波克拉底誓言的著名逸事。”

“讲给我们听听，我们不知道有这回事，快讲给我们听听，”四面八方的人齐声求他。

“我满足你们的要求，”皮埃尔先生说。“有一位妇科医生接诊这……”

“对不起打断你的话，”驯狮员说（头发灰白，蓄八字须，胸前横着一道深红色缎带），“可是这位被判决的绅士会认为这段逸事适合……的耳朵听吗？”他的目光重点投向辛辛纳特斯。

“当然适合，”皮埃尔先生坚定地回答，“在……面前，我决不会讲出一丁点什么不适当的东西。我刚才说了，一位妇科医生接诊了这位小老太婆”（皮埃尔先生略微努出下唇）。“她说，‘我得了重病，恐怕得死在这上头了。’‘你有什么症状？’医生问。‘噢，医生，我的头摇个不停……’”皮埃尔先生模仿老太婆的样子，嘴里咕哝着，不断地摇头。

众宾客大笑。聋子法官坐在桌子另一端，他的脸痛苦地扭曲，仿佛因不解笑声何意而变得呆滞。他把湿润的大耳朵凑到狂笑、自私的邻座脸前，扯了扯他的衣袖，求他把皮埃尔的故事重复给他听。与此同时，皮埃尔先生留意观察全桌每个人对他讲的故事的反应。直至有人满足了他的好奇心之后，法官才觉得心满意足。

“你那生命是个医学奥秘的非凡格言，”喷泉管理员说，唾沫星子乱溅，在嘴巴周围形成一道彩虹，“完全适用于前天我的秘书家里发生的一件怪事上。你能想象……”

“呀，可怜的辛辛纳特斯，你心里害怕吗？”一位光彩照人的仆人问辛辛纳特斯，同时给他倒酒。辛辛纳特斯抬起头，原来是他那位爱开玩笑的内弟。“心里害怕，对吗？来，临危喝杯酒。”

“你在这里干什么？”皮埃尔先生冷冰冰地说，叫多嘴的仆人别忘了自己的身份，仆人迅即走开，弯腰在下一位客人的肘后为他斟酒。

“先生们！”主人朗声说道，从椅子上站起来，把一杯冰冷的淡黄色饮料端至浆硬的胸前。“我提议为……干杯。”

“苦酒，苦酒，加个吻让它变甜，”一位最近当过男傧相的年轻人说，全体客人齐声附和。

“让我们……bruderschaft[1]……我求你——”皮埃尔先生改变声音对辛辛纳特斯说，他的脸因恳求心切而扭曲，“不要拒绝我这个要求，我求你，这是一贯的做法，一贯……”

辛辛纳特斯正在拨弄湿润白玫瑰卷曲的花瓣尖儿，那是他心不在焉地从打翻的花瓶里拉出来的。

“……最后，我有权要求，”皮埃尔先生发狂似的低声说，他突然勉强笑了一声，从自己的酒杯里倒出一滴酒到辛辛纳特斯头顶上，然后也洒在自己身上。

四面八方响起“好啊！”的喝彩声，邻座之间互相以哑剧形式表现自己的惊奇和喜悦，撞不破的酒杯碰得丁当响，一艘迎风前进的银船满载灰蓝色的葡萄串，中间有一堆堆苹果闪着亮光，每一个都和孩子的脑袋一般大，桌子仿佛像一座钻石山向上倾斜，多臂的枝形吊灯在天花板上的彩画艺术迷雾之中穿行，滴落烛泪，撒下光辉，始终找不到一个登陆地点。

“我很受感动，很受感动。”他们轮番来到皮埃尔先生跟前表示祝贺，他如是说。他们走过来祝贺时，有人趺趺撞撞，有人唱起歌来。城市消防队之父醉得不成样子，两位仆人想悄悄

1 德文，兄弟会。

把他搀出去，但他却像蜥蜴舍弃自己的尾巴一样，以自己的燕尾做牺牲，自己却留了下来。那位专管学校的可敬女人泛起一脸红斑，正无声而紧张地避开，不受物资供应局长的侵扰，他那胡萝卜般的手指头嬉戏地对准着她，仿佛是要刺穿她或挠她的痒痒，嘴里"嘻-嘻-嘻"笑个不停。

"朋友们，咱们到阳台上去吧，"主人宣布。马思的弟弟和已故赛尼奥科夫医生的儿子闻声后，立即拉开帷幕，发出一阵木环的响动声。彩绘灯笼的摇曳灯光照亮了一个石头阳台，周围的栏杆直柱是瓶形滚柱式的，直柱之间是沙漏形的夜的黑暗。

客人们酒足饭饱，肚子里咕咕叫，坐在矮扶手椅上。有些人懒洋洋地倚在柱子上，其他人则靠在栏杆旁。辛辛纳特斯也站在栏杆旁，手里搓捏着一支雪茄。皮埃尔先生站在他旁边，脸不朝他，但不断用背部或体侧碰他。皮埃尔先生正在说话，听众们不时发出赞许的喊叫：

"摄影和钓鱼是我的两大爱好。你们听了可能会觉得奇怪，但是与乡村的宁静相比，名声和荣誉对我来说实在算不得一回事。我看出你的微笑带有怀疑，仁慈的先生"（他顺便对一位宾客如是说，这位宾客立即纠正了自己的表情），"但是我可以向你们发誓，这的确是事实，我发誓不是没有根据的。热爱自然是我父亲的遗传，他也从不撒谎。当然，你们许多人都还记得他，也可以证实这一点，如果有必要甚至可以写成书面材料。”

辛辛纳特斯站在栏杆旁，模糊地望着眼前的黑暗，那黑暗仿佛善解人意，渐渐变淡了，原来是清澈高悬的月亮从片片黑云后面悄悄露出脸来，照亮了灌木丛，让月光流淌到池塘群里。突然，辛辛纳特斯感到心灵一阵震颤，意识到自己是在塔玛拉公园深处，他对这公园的记忆仍十分清晰，但它似乎遥不可及。他想起来了，他曾多次和马思一起在这里散步，从他此时身在其中的这幢房子前面经过，以前他的印象是一幢白色的别墅，窗户用木板钉死，透过小丘上的枝叶闪烁发光……此时，他用孜孜不倦的目光审视周围的一切，轻而易举就把夜的薄雾从熟悉的草坪上除去，同时也把月光中多余的尘埃除去，在自己的记忆中准确地恢复草坪原来的模样。当他把被夜的朦胧遮掩的景色恢复过来时，也就逐渐看清了丛林、小路、溪流，都在原来的地方……远处，金属般的天穹下，陶醉的群山静立，蓝光幽幽，在昏暗中重叠……

“柱廊，月亮的火炬，他和她，”皮埃尔先生朗诵道，对辛辛纳特斯露出了微笑。辛辛纳特斯注意到，每个人都用温柔、期待的同情目光注视着他。

“你在欣赏景色？”公园管理员神秘兮兮地对他说，双手握在背后。“你……”他突然住口，似乎显得有些尴尬，转向皮埃尔先生：“对不起……你允许我跟他说话吗？毕竟我还没有被介绍……”

“请，请，你不必经过我的许可，”皮埃尔先生彬彬有礼地答道，碰了一下辛辛纳特斯的手肘，低声说：“这位先生想和你聊聊，亲爱的。”

公园管理员对着自己的拳眼清了清嗓子，重复道：“景色……你在欣赏景色？现在你看不到很多。但是只要你愿意等，到了午夜正点——我们的总工程师是这样答应我的……尼基塔·卢基奇！你过来，尼基塔·卢基奇！”

“来了，”尼基塔·卢基奇用喜气洋洋的男低音说，颇有礼貌地走上前来，兴高采烈地看看这一位，望望那一位，他那年轻而肉孜孜的脸上蓄着一抹白色的八字须。他自由自在地把一只手搭在公园管理员肩上，另一只手放在皮埃尔先生肩上。

“我刚对他说，尼基塔·卢基奇，你答应过，到了午夜正点，为了庆祝……”

“那当然，”总工程师打断他的话。“我们这一意外惊喜万无一失。你就别再担心了。顺便问一下，现在几点了，伙计们？”

他把双手从两个人的肩上撤下来，一副入神的样子，走进屋里去了。

“这么说来，大约再过八小时，我们就该到广场上去了，”皮埃尔先生说，使劲硬把表盖合上。“我们睡觉的时间不多了。你不冷，对吧，亲爱的？那位好心人说，要让我们来个意外惊喜。我看他们是在破坏我们的兴致。我们在宴会上吃的那条鱼堪称美妙绝伦。”

“……住手，别碰我，”女行政官员用嘶哑的声音说，她在物资供应局长的食指面前往后退缩，厚实的背部和灰色的圆发髻直逼皮埃尔先生。“嘻–嘻，”他嬉戏地尖叫起来，“嘻–嘻。”

“别紧张，夫人，”皮埃尔先生用低沉而沙哑的声音说。“我的玉米不是国家财产。”

“好一个令人销魂的女人啊，”物资供应局长随意说了一句，脸上毫无表情，蹦跳着朝站在柱子旁的一群男人走去。他的影子很快消失在他们的身影中。一阵微风吹得日式灯笼摇曳起来，此时可见一只手正自鸣得意地捋着小胡子，或是一只酒杯举到老人跟前，或是鱼的嘴唇试图从底下吃到糖。

“注意啦！”主人高声喊道，像一阵旋风从客人中间穿过。

灯光亮起来了，有深红色的，有天蓝色的，有黄玉色的，起初是在公园里，接着延伸到公园外，到更远的地方，到人行道两旁，到树林里，到林中空地，到草坪上，既有单盏的，也有集簇的，逐渐给夜色镶上了绚丽多姿的宝石。宾客们开始“噢！”“啊！”地大叫起来。皮埃尔先生深深吸了一口气，一把抓住辛辛纳特斯的手腕。灯光覆盖的面积越来越大：它们沿着一个远方的峡谷向前延伸，到了峡谷的另一边，像一枚长长的胸针，此时它们已经布满了第一批山坡，又从那里传往一座又一座的小山，在最神秘的山峦重叠处若隐若现，逐渐爬上各个顶峰，翻过顶峰！“噢，真是太美了，”皮埃尔先生低声说，有一刻他甚至把自己的脸颊贴在辛辛纳特斯的脸颊上。

众宾客鼓掌。数以百万计的五颜六色灯泡点亮足有三分钟，巧妙地分布在草地上、树枝间、悬崖上，从整体布局看，宏伟壮丽的人名首字母“P”和“C”[1]环绕整个夜景，然而，这两个字母的表现效果不很成功。时间一到，所有灯光突然全部熄灭，浓重的夜色一直笼罩到阳台上。

工程师尼基塔·卢基奇再次露面时，他们把他团团围住，想把他抛起来。但时光已经不早，大家都开始考虑该休息了。客人们离开之前，主人提出让皮埃尔先生和辛辛纳特斯在栏杆旁合影留念。尽管这张照片要拍的是皮埃尔先生，但这一行动却是他自己一手导演的。强烈的灯光照亮辛辛纳特斯的白色侧面和他身旁那张盲目的脸。主人亲自把斗篷递到他们手上，还

1　皮埃尔（Pierre）和辛辛纳特斯（Cincinnatus）的人名首字母。

出去为他们送行。门厅里，古板严厉、昏昏欲睡的士兵正在整理他们的戟，发出连续清脆的撞击声。

“你的到访，本人不胜荣幸之至，”分别的时候，主人对辛辛纳特斯说。“明天——更准确地说，是今天早上——我当然会到场，不仅是以官员的身份，同时也以个人的身份。我侄儿告诉我，出席的人会很多。

“行了，祝你好运，”他依照传统在皮埃尔先生的脸颊上吻了三次，同时对他说。

辛辛纳特斯和皮埃尔先生在士兵们的护送下，一头钻进小巷。

“总的看来，你表现不错，”他们走出一小段路之后，皮埃尔先生说，“可你为什么老是……你的腼腆给初次见到你的人留下极为不良的印象。我不知道你的感觉如何，”他补充道，“虽然我对照明等安排感到高兴，但是我的胃有灼热感，我怀疑他们烹饪用的不全是乳品厂的黄油。”

他们在路上走了很长时间。天很黑，雾很浓。

他们沿着斯蒂普大街往上走时，左边什么地方传来了沉闷的笃–笃–笃声响。笃–笃–笃。

“这些恶棍，”皮埃尔先生咕哝道。“他们不是赌咒发誓，说全都干完了吗？”

最后，他们过了桥，开始上坡。月亮已经消失了，要塞上黑暗的塔楼与云朵融为一体。

到了第三道门，罗得里格·伊万诺维奇正在那里等候，他身穿晨衣，头戴睡帽。

“快说说，情况怎样？”他迫不及待地问。

“没有人因为你没去而感到遗憾，”皮埃尔先生冷冰冰地说。

一八

“试图睡觉，睡不着，只觉得全身发冷，现在已是黎明”（辛辛纳特斯写得飞快，字迹模糊，字写得不完整，像一个奔跑的人留下一个不完整的脚印），“现在天色已泛白，我冻得受不了，仿佛觉得，‘寒冷’这一抽象概念在我的躯壳上找到了具体表现形式，而且他们随时都可能来把我带走。我为自己的胆小深感惭愧，但我的确胆战心惊——恐惧从未止息，带着不祥的怒吼在我全身奔涌，就像一股激流，我的肉体像瀑布上的一座桥震颤不休，在这怒吼中，说话必须很大声，自己才能听得到。我很惭愧，我的心灵太不争气——本来不该如此，ne dolzhno bïlo bï bït’[1]——只有在俄语的树皮上才会生长出这种动词的真菌簇[2]——噢，我惭愧至极，我的注意力完全被占据，我的心灵被这种乌七八糟的细枝末节所堵塞，它们奔涌着，嘴唇都湿了，想说永别，各种记忆都赶着要来道声永别：我，一个孩子，手里拿着一本书，在炎热的阳光下，坐在一条喧闹的小溪岸上。溪流波光摇曳，映照在很古老很古老的诗行上——‘黄昏岁月的爱'——但是我知道自己不应该屈服——'变得更柔情更迷信'——既不屈服于记忆，也不屈服于恐惧，不屈于感情强烈的晕厥：'……更迷信'——以前我多么希望，一切都秩序井然，一切都简单利索。因为我知道，死亡的恐惧其实算不得什么，只是一种无害的震动——甚至可能对心灵有益——新生婴儿的哽咽或愤怒拒绝放弃玩具——从前有人住在洞穴里，丁当的滴水之声永续不断，还有钟乳石，他们是圣人，他们以死为乐，他们——大部分是犯过大错的人，这是真的——但他们也以自己的方式掌握着——尽管我知道这一切，还知道另一件这里无人知晓的主要的、最为重要的事情——但是，你们看，傀儡们，我多么害怕，我身上的一切都在颤抖、在喧闹、在奔涌——现在他们随时可能会来把我带走，但我还没有准备好，我感到惭愧……"

辛辛纳特斯站起来，开始奔跑，一头往墙上撞去——但是真正的辛辛纳特斯仍旧坐在桌旁，注视着墙壁，咬着铅笔，过了一会儿，他的双脚在桌子底下来回滑动，又继续写他的字，速度稍慢了一些：

"把这些匆忙写下的东西保存着——我不知道自己在对谁

---

1 用拉丁字母转写的俄文，本来不该如此。

2 表明前一句俄语佶屈聱牙。

提要求，但是务必把这些匆忙写下的东西保存着——我可以向你保证，有这样一部法律，查一查，你就会明白！——让他们到处撒一阵子谎——这怎么能伤害你呢？——我十分诚挚地请求你——这是我最后的心愿——你怎么能不答应呢？至少从理论上说，我应该有拥有一位读者的可能性，否则，我真应该把它全部撕毁。得，这就是我必须说的话。现在该做准备了。”

他再次停笔。囚室里已经很亮了，辛辛纳特斯凭借光线的位置判断，五点半的钟声很快就要敲响了。他等到听见远处传来的钟声，才继续写作，但是现在写得很慢，迟疑不决，仿佛他的力量已经全部用在了最初的一些激烈言词上。

“我的话老在一个地方转圈子，”辛辛纳特斯写道。“妒忌诗人。在纸上飞快地写，从纸上飞进乌有之乡，纸上只见影子在继续跑动，那种感觉一定十分美妙。处决前后，一切伪造前后，混乱不堪，令人伤感。斧刃冷冰冰，斧柄很光滑。还有砂纸。我猜测，分别的痛苦一定血腥而喧闹。这个想法一写下来，就不那么令人烦恼了，但是有些想法就像癌症肿瘤：你挤压它，你刺激它，它的情况就变得比以前更糟。很难想象今天早上，再过一两个小时……”

可是两个小时过去了，更多的时间过去了。罗迪恩像往常一样，送来了早餐，把囚室打扫干净，削好铅笔，提走有盖便桶，喂过蜘蛛。辛辛纳特斯没有问他任何问题，但是罗迪恩离开之后，时间以其惯常的步伐慢吞吞地过去，他才意识到自己再次受骗了，心情的紧张纯属白搭，一切仍然处于不确定状态，一切还和先前一样模糊不清，令人不解。

时钟刚敲过三点或四点（他打了个盹，半醒过来，没有数过钟声，对钟声的总数只留下一个大致的印象），门突然打开，马思走了进来。她双颊绯红，后脑勺上的发梳松了，黑色丝绒连衣裙紧绷的上身不断起伏着——好像有什么地方不够熨帖，这使她显得不匀称，她不断想把连衣裙弄平正，一会儿使劲扯它，一会儿快速扭动屁股，似乎底下有什么不对劲和不舒服。

“这是送给你的矢车菊，”她说，把一束蓝色的花扔在桌上，同时敏捷地把裙摆撩到膝盖以上，把一条穿着白色长袜、丰满可爱的腿放在椅子上，把长袜往上拉到袜带在细嫩颤动的脂肪上留有印痕的地方。“天啊，获准探视可真难呀！当然，我只好做些小让步——就那么回事。说说，你好吗，我可怜的小辛辛？”

“我必须承认，我并不盼你来，”辛辛纳特斯说。“找个地方坐吧。”

“昨天我来试过，可是运气不好——今天我就对自己说，无论如何我也得想办法进来。他耽误了我一小时，就是你们那位监狱长。顺便告诉你，他对你评价很高。噢，今天我十分匆忙，我很担心自己来得太晚了。今天早上，聚集在思里勒广场上的人可真多啊！”

“他们为什么又把原计划取消了呢？”辛辛纳特斯问。

“对了，他们说大家都很累，没睡够。你要知道，人群就是不肯轻易离开。你应该感到自豪。”

长椭圆形、晶莹剔透的泪珠顺着马思的脸颊和下巴的外形曲线滴落下来——有一滴甚至流到她的脖子上，流进锁骨浅凹处……但是她的双眼依然瞪得滚圆，短小的手指伸张着，指甲上有些白点，薄嘴唇动个不停，话语不断：

“有些人坚持认为已经拖了很长时间，但你又无法查清到底是谁说的。你简直难以想象会有那么多谣言，如此混乱……”

“你哭什么呢？”辛辛纳特斯微笑问。

“我自己也说不清楚——我只觉得精疲力竭……”（骄傲地低声说）：“我讨厌你们这些人，真是烦透了。辛辛纳特斯啊辛辛纳特斯，你看你惹出多大的麻烦！……人们对你的议论——那真叫可怕！噢，你听着，”她突然改变了讲话的节奏，面露喜色，咂着嘴唇，自鸣得意起来。“有一天——是哪一天呢？——对了，是前天，有一位小个子老太婆来找我，是个女医生或什么的——完全是一个陌路人，你听清了，穿一件非常难看的雨衣，说话支支吾吾、吞吞吐吐。‘当然，’她说，‘你知道。’我说，‘不，迄今我什么也不知道。’她说：——‘噢，我知道你是谁，但你不认识我’……我说……”（马思模仿那位女说话人的样子，用大惊小怪、愚昧不堪的腔调，但把“说”字适度放慢，拖得很长，因为她现在说的是自己的话，她把自己装扮得十分冷静）。“简而言之，她想告诉我，她是你的母亲——尽管我认为她连年龄都不对头，但是我们别理睬这点。她说她很怕会遭到迫害，因为，你听我说，他们已经讯问过她，用各种事情折磨她。我说：‘这一切跟我有什么关系，你为什么要来找我？’她说：‘当然有关系，我知道你心肠很好，你一定会竭尽全力。’我说：‘你为什么会说我心肠好？’她说：‘噢，我当然知道’——她问我能否给她一张纸，一份证书，我用手脚一起签字，说明她从未来过我们家，从来没有见过你……这件事，你应该知道，对马思来说可谓滑稽透顶，实在太滑稽了！我看”（拉长声调，用低沉的声音）“她一定是个怪人、疯子，难道你不这样认为吗？无论如何，我当然什么也没有给她。维克多和其他人都说，这件事可能危及到我——因为如果我知道你不认识她，那就似乎我对你的每一行动了如指掌——于是她走了，应该说是垂头丧气地走了。”

“但她的确是我的母亲，”辛辛纳特斯说。

"可能，可能。这件事毕竟不是很重要。但是你告诉我，你为什么如此无精打采，死气沉沉，辛辛？我以为你见到我一定会非常高兴，可是你……"

她看了看床，又看了看门。

"我不知道这里有些什么规矩，"她压低声音说，"但是如果你非常需要，辛辛，那就来吧，只是要做得快一点。"

"噢，别这样——你胡说些什么呀，"辛辛纳特斯说。

"也罢，随你的便。我只是想让你好好享受一番，因为这是最后一次见面了。噢，顺便告诉你，你知道谁要和我结婚吗？你猜猜是谁——你永远猜不着。你还记得那个坏脾气老头吗？他就住在我们家隔壁，隔着栅栏都能闻到他的烟斗不断发出的臭气，我爬上苹果树时他总是抬头偷看。你能想象吗？他对此事十分认真！你能想象我嫁给那样一位稻草人般的老头吗？哎，无论如何，我觉得自己该长时间地好好休息一下了——你应该知道，就是闭上我的眼睛，舒张四肢，什么也不想，彻底放松，当然绝对是独自一人，要不就是跟一个真正关心我，十分善解人意的人在一起……"

她那又短又粗的睫毛再次闪着泪光，眼泪流下来，流过她苹果红的脸颊上的每一个凹处。

辛辛纳特斯蘸起一滴泪尝了尝：既不咸也不甜——只是一

滴微温的水。辛辛纳特斯没有这样做。

突然，门嘎吱一声，打开一英寸宽，一只长有红毛的手指头冲着马思示意，她立刻走到门口。

“干吗，你想要什么，时间还没到，不是吗，答应给我一小时的，”她快速地低声说。对方不知回答了什么。

“绝对不干！”她愤怒地说。“这话你可以告诉他。讲好的，这种事我只与监狱长做——”

她的话被打断，她仔细听对方不断的咕哝，她低下头，皱眉，用拖鞋的足尖在地板上磨蹭着。

“那好吧，”她脱口而出，天真轻松地转向她的丈夫说：“我五分钟就回来，辛辛。”

（她不在的时候，他才想起来，他不但还没有开始跟她进行紧急磋商，而且现在连那些重要的事情也表达不清楚了……同时，他的心头发疼，同样的老记忆在一个角落里抽泣，自己早该摆脱这一切痛苦了。）

整整四十五分钟后她才回来，嘴里还骂骂咧咧的。她把一只脚放在椅子上，啪地束好袜带，气愤地重新整理腰部以下的裙褶，在桌旁坐下来，那架势和刚才完全一样。

“全是窝囊废，”她不屑地说，开始用手指头拨弄桌上的蓝色花朵。“怎么啦，你为什么不对我说点什么，我的小辛辛，我的小公鸡？……你要知道，这些花是我亲自摘的，我不喜欢罂粟花，但这些花很可爱。如果你做不到，就不应该去试，”她用不同的声调出乎意料地补充了一句，眯起了眼睛。“不，辛辛，我刚才的话不是对你说的。”（叹气）“来吧，对我说点什么，安慰我。”

“我的信——你有没有……”辛辛纳特斯开始说话，接着清了清嗓子。“我的信你有没有仔细看过？”

“对不起，对不起，”马思大叫起来，双手捂住自己的太阳穴，“我们谈什么都行，就是不要谈那封信！”

“不，我们就谈那封信，”辛辛纳特斯说。

她跳起来，神经质地扯直连衣裙，说话开始语无伦次，还有点口齿不清，她生气的时候历来如此。“那封信真是糟透了，简直就是一派胡言，反正我是看不懂。别人可能会认为，你是独自坐在这里，一边喝酒一边写出来的。我本来不打算提起那封信，但是既然你……你听着，参与传递那封信的人全都看过——他们进行了复制，同时认为，‘哦嗬！如果他能给她写这样的信，她肯定是他的同谋。’难道你就不明白，你的事情我一点都不想知道吗，你没有权利给我写这样的信，把我拖进你的犯罪——”

“我给你写的信，一点犯罪的内容也没有，”辛辛纳特斯说。

“那是你的看法，可是每个人都被你的信震惊了，非常震惊！我，可能我傻，对法律一无所知，但我的直觉还是告诉我，你所写的每一个字都是难以置信、说不出口的……噢，辛辛纳特斯，你使我陷入何等窘境——还有孩子们——想想孩子吧……你听着——请你听我说一分钟——”她说话时情绪十分激动，她的话让人听不懂，“全盘翻供，全部翻掉。告诉他们，你是无辜的，你只是信口胡言，告诉他们，忏悔，就这样办——即使这样做仍保不住你的脑袋，你也得想想我——他们已经在指责我说，‘就是她，那寡妇，就是她！’”

“等一等，马思，我不明白。忏悔什么？”

“这就对了！把我也搅和进去，叫我引领……如果我知道全部答案，哎呀，我不就成了你的同……同谋了嘛！这是简单明了的事。不，够了，够了。我对这一切害怕极了……最后一次告诉我，你肯定不想忏悔吗，为我，为我们大家？”

“再见，马思，”辛辛纳特斯说。

她坐下来，陷入深思，用右肘支着自己，用左手在桌上画出她自己的天地。

“多么可怕，多么愚蠢，”她说，深深地叹了口气。她皱起眉头，用指甲画出一条河。“我原来以为，我们今天的见面会是另外一番情境。我是准备好要把一切都给你的。我饱受痛苦竟然得到如此回报！算了吧，事情已经这样了。”（河流汇进了大海——流出了桌子边缘。）“你要知道，我是带着一颗沉重的心离开的。没错，可是我要怎么出去呢？”她突然记起来，很天真，甚至还很高兴。“他们不会那么快就来带我出去，我已经说服他们给我很多时间。”

“用不着担心，”辛辛纳特斯说，“我们所说的每一句话……他们马上就要来开门了。”

他说得没错。

“再见，再见，”马思嘁嘁喳喳地说。“等一等，别动手动脚的，让我跟我的丈夫说声再见。再见。如果你需要衬衫或者其他什么东西……噢，对了，孩子们要我亲热地吻你一下。好像还有什么别的事情……噢，我差点忘了——爸爸取走了我送给你的那只酒杯——他说是你答应他的——”

“快点，快点，小女人，”罗迪恩打断她的话，熟练地用膝盖撞她朝门口走去。

一九

第二天早晨，他们给他送来报纸，这使他想起被囚禁的最初日子。他立即注意到报纸上的彩色照片：蓝天下，广场上，密密麻麻地挤满了各种各样的人，只能看到红色讲台的边缘。在讨论处决的专栏里，有一半字行被擦掉了，在剩余的文字中，辛辛纳特斯也只能找出他已经从马思那里听来的消息—大师身体欠安，演出推迟，可能推迟很久。

“你今天可是大饱口福了，”罗迪恩这话不是对辛辛纳特斯说的，而是对蜘蛛说的。

他双手小心翼翼但同时又有点神经质地（出于关爱，他把它紧贴在胸前；出于厌恶，他把它举得远远的）拿着一条包成一团的毛巾，里面有什么大家伙在窣窸窸窣地动个不停。

“在塔楼的窗玻璃上抓到的。怪物！你看它不停地拍动扑棱—简直叫人拿不住……”

他像往常一样，正要把椅子拉过来，好站到上面去，把那飞虫送给牢固的蜘蛛网上那只贪食的蜘蛛享用（蜘蛛感觉有猎物来了，顿时趾高气扬起来），可是在这节骨眼上突然出了毛病—他那些拗弯、胆怯的手指头不巧把毛巾的主要折叠处松开了，他立刻大叫起来，缩成一团，就像人们见到的不是蝙蝠而是普通的老鼠而产生厌恶和恐惧，从而大叫起来，缩成一团。一只又大又黑、长有触角的东西从毛巾里爬出来。罗迪恩大喝一声，在原地直跺脚，既怕它跑掉，又不敢去抓它。毛巾掉了下来；那只相当大的飞虫附着在罗迪恩的袖口上，用它的六只吸足紧紧抓住。

原来只是一只飞蛾，但那飞蛾特别大！和人的一只手一样大，深棕色的厚翅膀，灰白内衬，灰色尖状边缘，每只翅膀中央有一眼状斑纹，像钢一样发亮。

它分节的四肢毛茸茸的，时而抓紧，时而松开，双翅凸起的羽片下面有同样的闪亮眼点和波状灰色图案。飞蛾缓慢摆动双翅，顺着衣袖摸索着往上爬，罗迪恩大骇，眼珠子骨碌碌转，拼命甩手臂，呜咽着说：“快把它抓走！快把它抓走！”

飞蛾爬到肘部后，开始无声地拍动起笨重的翅膀，其重量似乎超过它的身体。飞蛾在罗迪恩的肘关节处翻了个身，双翅倒挂，仍然牢牢附着在衣袖上——此时你可以看清它棕色有白斑的腹部，松鼠一样的脸，眼睛上的黑色小球，和如同尖耳一样的轻柔触须。

“把它抓走！”罗迪恩恳求道，他感情失控动作疯狂，结果那灿烂的飞虫掉了下来。它撞在桌子上，停在上面有力地震颤，突然从桌子边缘上飞走了。

可是在我看来，你的白天就是黑夜，你为什么要扰我清眠？它扑棱扑棱只飞了一会儿，速度也不快。罗迪恩从地上拾起毛巾，疯狂地挥舞扑打，想把那盲目乱撞的飞虫打下来，可是它突然消失了，仿佛被空气吞没似的。

罗迪恩找了一阵子，没找到它，在囚室中央停下来，双手叉着腰，转身面对辛辛纳特斯。“呃？真是个捣蛋鬼！”他意味深长地沉默一阵之后突然说。他吐唾沫，他摇头，取出一个装有备用苍蝇的颤动着的火柴盒，看来失望的蜘蛛也只好将就满足了。然而，飞蛾藏身何处，辛辛纳特斯可是看得一清二楚。

罗迪恩最后离开时，一气之下把胡须连同头发蓬乱的头套一起摘了下来，辛辛纳特斯从床边走到桌旁。他后悔把所有的书全还了，只好坐下来写东西消磨时间。

“一切都已尘埃落定，”他写道，“也就是说，一切都欺骗了我——所有的表演，所有的哀怜——一位轻浮少女的各种承诺，一位母亲的泪眼，墙上的敲击声，一位邻囚的友情，最后还有那些像致命皮疹一样爆发出来的群山。一切在尘埃落定的过程中全都欺骗了我，一切。这就是今生的终结，我真不该在它的界限之内寻求救助。我会去寻求救助的确是件怪事。这就像一个人最近在睡梦中失去了自己在现实中从未拥有过的东西而感到伤心，或者希望明天又能梦见把它找回来了。数学就是这样创造出来的；它有其致命弱点。我已经发现了它。我已经发现了生命中的那个小裂缝，即生命的中断之处，生命曾在那里被焊接到别的东西上面，那东西充满生机，重要、非同一般——如果我要让自己的表述词语充满清晰的意义，就必须具有十分巨大的词汇量……最好还是留着有些话不说，否则我又该犯糊涂了。在这无法修复的小裂缝里，腐朽应运而生——啊，我认为我还能把这一切全都表达出来——梦、合并、分裂——不，我又离题了——我所有的最佳词藻全是离题的话，全都没有说到点子上，其余的也都有缺陷。噢，要是我早知道我还能在这里逗留这么长的时间，我从一开头就会着手写作，逐渐沿着彼此有逻辑联系的思想之最佳途径走，并且会已有所获，有所成，我的心灵早已用语言体系把自己围绕起来了……迄今我在这里所写的一切只是我情绪激动所产生的泡沫，是一场毫无意义的空欢喜，原因是我实在太匆忙了。可是现在，我已变得冷酷无情，我几乎不畏惧……”

这张纸写完了，辛辛纳特斯意识到纸也用完了。然而，他又设法硬找出一张来。

“……死亡，”他在纸上继续把句子写完，但他马上又把这个词抹掉，他应该换一种说法，更准确的说法："处决"，也可以是"痛苦"或"离别"——诸如此类的东西。他用手指头转动着用短了的铅笔，停下来进行思考，刚才飞蛾抖动过的桌子边缘上留下了一根棕色的小细毛，辛辛纳特斯想起那一幕，从桌旁走开去，桌上只留下那张空白纸，上面只写着孤零零的一个词，而且已经被抹掉。他在床边弯下身子（装作是在修整拖鞋的底部），飞蛾就停在铁床腿上，睡着了，它那具有视力的双翅一本正经、一动不动地舒展着，不会受到外来伤害。只是他为那绒毛覆盖的背部感到伤心，在磨掉一根细毛的地方留下了一个秃点，像栗子一样发亮——但又大又黑的翅膀是不可侵犯的，它们有灰白色的边缘，眼睛永远睁着——前翅稍低些，部分叠在后翅上，这种疲乏的姿态可能是因为困倦而产生的弱点之一，要不是上部边缘仍保持整体笔直，所有的发散光线仍保持完美对称的话——这一姿态十分迷人，辛辛纳特斯不能自持，用指尖去抚摸右翅底部的脊状突起，然后又抚摸了左翅的（动作十分轻柔坚定，十分坚定轻柔！）。然而，飞蛾并没有醒来，他直起身子，轻轻叹了口气，走开了。他正要重新在桌旁坐下来，突然听到门锁有钥匙的响动声，门打开了，其吱呀、喀嚓、嘎吱之声与对位声部的一切规则完全吻合。肤色红润的皮埃尔先生身穿豆绿色猎装，先探进头来，然后走了进来，他后面跟着另外两个人，简直叫人认不出他们就是监狱长和律师：形容憔悴，脸色苍白，两人都穿灰色粗布衬衫，破鞋子——没有任何化装，不用衬垫，不戴假发，双眼充满黏液，身体骨瘦如柴，一眼就能看穿他们白色的肋骨——他们彼此十分相像，一样的脑袋在各自的瘦脖子上一样地动着，灰白色高低不平的秃头，两侧各有一个带蓝色的点彩，招风耳。

皮埃尔先生搽了胭脂，惹人注目。他鞠了个躬，把双脚漆革靴尖并拢，用戏剧式的假声说：

"马车在外面等着，请，先生。"

"我们上哪儿去？"辛辛纳特斯问，起初完全摸不着头脑，他坚信这种事应该在黎明时发生。

"哪儿，哪儿……"皮埃尔先生模仿他的腔调。"你知道上哪儿。不就是去喀嚓嘛。"

"可是我们不必立刻就走，对吗？"辛辛纳特斯问，对自己正在说的话颇感惊奇，"我还没完全准备好……"（辛辛纳特斯，这是你在说话吗？）

"不，现在立刻就走。天啊，我的朋友，你有差不多三个星期做准备。谁都会认为这已经很够了。他们是我的助手，罗得和罗姆，请对他们客气点。他们看样子不起眼，但是他们很勤快。"

“我们尽力效劳，”他们用低沉的声音单调地说。

“我差点忘了，”皮埃尔先生继续道。“依照法律，你仍然有权……罗曼老弟，请把程序单给我。”

罗曼用夸张的匆忙动作，从他帽子的衬里底下摸出一张对折黑框卡片。在这过程中，罗得里格机械地拍打自己的身体两侧，好像是在前胸口袋里搜寻，胆怯的目光始终盯着他的同伴。

“为简单起见，”皮埃尔先生说，“这里预先准备了一份最后心愿的清单。你可以从中选择一个，只能一个。现在我来宣读，你听着：可以喝一杯酒；可以上一趟厕所；可以草草看一眼监狱里的法国明信片收藏；也可以……这是什么……第四——写一篇讲稿对监狱长表达……感激他的悉心……见鬼，我从来没有！罗得里格，你这个混蛋，这是你自己加上去的。我真不理解，你竟敢如此放肆。这是一份正式文件！瞎搞，你这是对我的侮辱，尤其是我对有关法律的事如此一丝不苟，我如此努力想……”

皮埃尔先生一怒之下，把卡片摔在地上，罗得里格连忙把它捡起来，展平，深感谦疚地咕哝道，“你别担心……不是我干的，跟你开玩笑的是罗姆卡……我懂规矩。这里的一切都是井井有条的……当天的全部要求……否则就按清单办事……”

“放肆！不可容忍！”皮埃尔先生一边高喊，一边在囚室里踱来踱去。“我身体不好，尽管如此，我还是尽职尽责。他们拿变质的鱼给我吃，给我送来一个令人讨厌的妓女，他们对我的不尊重堪称闻所未闻，就这样，他们还要我干得干净利索。不，先生！够了！如今已到了忍无可忍的地步！我断然拒绝——你们自己干去吧，喀嚓，当屠夫你们是内行，损坏我的工具……”

“公众把你当成偶像来崇拜，”罗曼卑躬屈膝地说。“我们恳求你，请你消消气，大师。如果有什么地方不对，那是粗心大意造成的，是一个愚蠢的错误，一个过分热心的愚蠢错误，如此而已！因此请你宽恕我们。女人都喜欢你，人人都宠着你，难道你就不能笑一笑，分散一下注意力，把愤怒的表情放到一边……”

“行了，行了，你的话圆通狡猾，”皮埃尔先生说，语气稍有缓和。“不管怎么说，我履行职责比我能叫得出名字来的其他人更认真。好吧，我原谅你们。但是我们仍然必须就那该死的最后心愿做出决定。说吧，你选择了哪一条？”他问辛辛纳特斯（辛辛纳特斯已一声不吭地坐在了床上）。“快点，快点。我要赶紧把这件事打发掉，过于胆小的人就不必看了。”

“把我的东西写完，”辛辛纳特斯用探询的口气低声说，可是他马上又皱起了眉头，冥思苦想，突然明白过来：其实一切都已经写完了。

“我不知道他在说什么，”皮埃尔先生说。“也许有人能听懂，但是我听不懂。”

辛辛纳特斯抬起头来。“我想要的是，”他把话讲得十分清晰。“我就要三分钟——在这三分钟里，你们必须离开，起码保持安静——对，我想休息三分钟——三分钟过后，该怎么办就怎么办，在你们十分愚蠢的节目中，我会始终扮演好自己的角色。”

“咱们妥协一下，两分半钟，”皮埃尔先生说，掏出他那块厚厚的手表。“让步半分钟，好吗，朋友？你不肯让步？也罢，那就让你当一回强盗——我赞成。”

他摆出放松的架势靠在墙上，罗曼和罗得里格也学他的样子，可是罗得里格有一只脚扭歪，差点跌倒，惊慌地看了大师一眼。

“嘘嘘，你这狗娘养的，”皮埃尔先生用嘶嘶的声音说。“活该，你们为什么就这么爱舒服呢？把手从口袋里抽出来！小心点！”（他在椅子上坐下来，嘴里还在骂骂咧咧。）“罗得，我给你找个活干——你可以着手把这个地方打扫干净，只是声音不要太大。”

有人从门外给罗得里格递进来一把扫帚，他开始打扫起来。

首先，他用扫帚末端把窗洞里的全部铁栅清理干净，远处传来微弱的叫好声，那声音仿佛来自地狱，一股清新的空气吹进囚室——桌上的纸张被吹落到地上，罗得里格把它们扫到一个角落里。接着，他又用扫帚把厚厚的灰色蜘蛛网连同蜘蛛一起扯了下来，那蜘蛛是他曾经精心照料过的。罗曼为消磨时间，把蜘蛛捡起来。蜘蛛虽然做得粗糙，但很精巧，由一个圆形长毛绒身体和用弹簧做的抽动腿组成，背部中央附一个长弹簧，罗曼抓住弹簧末端让蜘蛛悬空，他的手上下移动，弹簧交替收缩舒张，蜘蛛时升时降。皮埃尔先生冷眼斜睨蜘蛛玩具，罗曼扬起眉毛，连忙把它塞进口袋里。与此同时，罗得想把桌子的抽屉拉出来，使尽全力拽，结果把它移动了，桌子一下裂成两半。同时皮埃尔先生所坐的椅子发出一声哀鸣，什么东西断了，皮埃尔先生的表差点掉在地上。天花板上的泥灰开始往下掉。墙上出现一道弯弯曲曲的裂缝。囚室已经没有用了，很显然正在解体。

“……五十八,五十九,六十,”皮埃尔先生数着数。“时间到。请起来吧。今天天气很好，坐车是一大乐事，随便换一个人，都会急着要出发的。”

“再等一下。我的双手抖得厉害，这不仅荒唐可笑，而且有失面子——可是我既停不下来，也无法遮掩，对，就是手抖，没别的。我那些纸张你们会毁掉，垃圾你们会扫出去，飞蛾晚上会从破窗口飞走，四墙之内将不会留下我的任何东西，墙壁也快倒塌了。可是现在对我来说，化为尘土和被遗忘都不算一回事了，我只剩下一个感觉——恐惧，恐惧，令人羞愧而又无济于事的恐惧……”实际上，辛辛纳特斯并没有说这些话，他正一声不吭地换鞋子。他前额上的血管隆起，缕缕金发飘落其上，衬衫上的绣花衣领敞开着，给他的颈部带来一种独特的青春气质，也给他那金色胡须抖动的红脸带来独特的青春气质。

“咱们走吧！”皮埃尔先生尖声叫道。

辛辛纳特斯举步如行走在光滑倾斜的冰面上，尽量不碰到任何人或任何东西，最后终于走出了囚室，囚室实际上已不复存在。

二〇

辛辛纳特斯被领着走过石头通道。杂乱的回声随时可闻，时而来自前方，时而来自后面——所有的地道都在塌陷。一片一片的黑暗区域频繁出现，因为有些灯泡烧坏了。皮埃尔先生要求大家步伐要整齐。

有几个士兵，按规定戴着犬面具，加入了他们的队伍。经大师许可，罗得里格和罗曼走在前头，兴高采烈地迈着大步，有条不紊地甩着胳膊，互相赶超。他们喊叫着，拐了个弯消失了。

天啊，辛辛纳特斯早已突然失去了行走能力，由皮埃尔先生和一个戴俄国狼犬面具的士兵扶着走。有很长一段时间，他们吃力地顺着楼梯爬上爬下——要塞一定是患过轻度中风了，因为向下的楼梯实际是向上的，反之亦然。又走进了长长的过道，但这一回是在有人居住的地方，即明显可以看出——有油地毯，或墙纸，或贴近墙壁的水手柜——它们是和住宅区相连的。在一个转弯处，甚至可以闻到白菜汤的气味。继续往前走，他们经过一扇玻璃门，上面写着“ffice”[1]，又走过一段黑暗区域，他们突然到了院子里，中午的阳光很灿烂。

在这一段旅程中，辛辛纳特斯一直在竭力应对令人窒息、痛苦不堪、无以解脱的恐惧。他意识到，这种恐惧正在把他拖入在他周围逐渐形成的对待事物的荒唐逻辑之中，而在当天早晨他或多或少还能从中摆脱出来。光是想到这位红脸颊的矮胖猎手就要对他挥起斧头，本身就已经是一个不能接受、令人厌恶的弱点了，这会把辛辛纳特斯拖进危险的境界。他对这一切有充分的理解，但是像一个人忍不住要与幻觉争辩一样，尽管他心里完全明白，整个假面舞会都是在他自己的头脑里上演的，他还是枉费心机地想要战胜自己的恐惧，纵使他知道自己应该为觉醒而庆幸。而难以觉察的现象，对日常器皿产生的奇特影响，某种常见的不稳定性，可见物品中的某种缺陷，都预示着觉醒即将来临——但太阳仍然是现实的，世界依然一体，各种客体仍旧遵循外在的行为规范。

第三道门外，马车早已候着。士兵们不再陪他们继续往前走，而是在堆于墙边的原木上坐下来，纷纷摘下布制的面具。监狱职员和卫兵家属胆怯又充满好奇地挤在大门周围——光脚的孩子们冲出来，想进入场景之中，但马上又跑了回去，他们戴方头巾的母亲们让他们安静下来，炎热的阳光给撒落在地上

1 应为 office（办公室），第一个字母掉了。

的禾秆镀上一层金色，有一股温热的荨麻气味，一旁有十几只鹅挤在一起，小心地嘎嘎叫。

“好啦，咱们动身吧，”皮埃尔先生喜洋洋地说，戴上豆绿色的帽子，上面还插了根雉鸡毛。

一辆伤痕累累的旧马车套在一匹枣红色老马上，老马牙齿暴露，尖突的腰腿部有些小伤口，引来许多苍蝇，闪着亮光，总之，马已瘦骨嶙峋，躯干好像是一个个圆圈包起来的。手脚伶俐的小个子皮埃尔先生踩上脚踏板时，伴着一声呻吟马车倾斜了一下。马鬃上有一条红丝带。皮埃尔先生往一边挤，给辛辛纳特斯腾出位子，还问放在他们脚边的大箱子是否碍他的事。“小心，我的好伙计，不要踩在箱子上，”他补充道。罗得里格和罗曼爬上了驭者座。罗得里格扮演马车夫角色，啪一声甩动长鞭，马吓了一跳，一下子拉不动马车，一屁股蹲坐下来。职员人群中发出一阵不合时宜的刺耳喝彩声。罗得里格站起来，往前探出身子，对准马鼻子就是一鞭。马车猛地被拉动，车身的晃动差点把他在驭者座上摔个仰八叉，他紧紧抓住缰绳，大喊一声“吁！”

“小心，小心，”皮埃尔先生笑着说，用一只胖乎乎的戴着漂亮手套的手拍了一下罗得里格的背部。

灰白的道路顺着要塞的基底绕了好几圈，沿途的自然美景令人生厌。有些地方坡相当陡，这时罗得里格就把刹车把手攥得喀嚓喀嚓响。皮埃尔先生双手扶着拐杖上方的斗牛犬头，喜气洋洋地望着周围的悬崖峭壁以及它们之间的绿色山坡，红花草，藤本植物和旋转着的白尘。与此同时，他还偶尔用爱怜的目光看看辛辛纳特斯的侧面，其时辛辛纳特斯仍深陷于痛苦的内心斗争之中。坐在驭者座上的两个人，从背后看上去一模一样，骨瘦如柴，灰白色，弯着腰。马蹄之声橐橐。马蝇像卫星一样兜着圈子飞。马车有时超过一些步履匆匆的朝圣者（例如，监狱厨师和他的老婆），他们会停下脚步，遮挡阳光和尘土，然后加快步伐。又转过一个弯，道路朝着大桥延伸，已经不再绕着要塞慢慢旋转（要塞已显出破落之相，远远望去杂乱无章，有什么东西松了，悬在半空）。

“真对不起，我发那么大的火，”皮埃尔先生充满柔情地说。“你可别生我的气，亲爱的。你应该理解，当你自己全身心地投入工作，却看到别人敷衍塞责，该是多么伤心。”

他们在清脆的马蹄声中过了桥。此时，处决的消息刚开始在城里传开。穿红色和蓝色服装的男孩们跟在马车后面奔跑。有个假装疯癫的犹太血统老头，多年来一直在无水河里钓着子虚乌有之鱼，也在收拾他的钓具，急匆匆地加入到第一批赶往思里勒广场的人群中去。

“……但是老想着这件事也没有用，”皮埃尔先生说。“像我这种脾气的人，有时会暴跳如雷，但很快就过去了。咱们还不如把注意力集中到女性的行为上。”

几个没戴帽子的姑娘推推搡搡，尖叫着，把一个胸膛晒得黝黑的胖花贩的鲜花全部买了下来，胆子最大的一位姑娘把一束花扔进了马车，差点把罗曼头上的帽子打下来。皮埃尔先生摇动食指加以制止。

几条胖斑点狗跟在马蹄后面纵身奔跑，马用蒙眬的眼睛斜睨它们。马吃力地爬上花园街，人群已经赶上来了——又有一束花投到了马车上。此时他们正在右转弯，经过那座古老工厂的大片废墟，然后顺着电报大街行进，街上各种乐器正在调音，敲打声、呜咽声、嘟嘟声响成一片。接着又穿过一条未经铺砌、沙沙作响的小巷，经过一个公园，公园里有两个身着便服的大胡子男人，他们一看见马车，立即从长凳上站起来，做出夸张的手势，互相告知马车来了——两人都极为兴奋，肩膀高而挺——他们开始和大伙一起奔向同一个地方，抬腿动作有力而笨拙。过了公园，那硕大的白色雕像已被劈为两半——报纸上说，是雷劈的。

“过一会儿，我们就要经过你家的房子了，”皮埃尔先生十分轻柔地说。

罗曼在驭者座上开始显得坐立不安，他扭过身来，对辛辛纳特斯喊道：

“过一会儿，我们就要经过你家的房子了，”说完他马上又转过身去，上下跳动着，像个快乐的淘气包。

辛辛纳特斯不想看，但他还是看了。马思坐在不挂果的苹果树的枝条中，挥动着一条手帕，而在隔壁的花园里的向日葵和蜀葵花中间，却是一个稻草人，皱巴巴的上装，衣袖在风中飘舞。屋子的外墙上，尤其是原来树影婆娑的地方，墙皮已经奇怪地剥落，还有部分屋顶——但是他们的马车已经跑过去了。

“真是的，你这人也太狠心了，”皮埃尔先生叹口气说，不耐烦地用拐杖捅了一下车夫的后背，车夫稍稍站起，疯狂地挥动手中的鞭子，创造出一个奇迹：老马竟然跑起来了。

他们顺着大街继续前行。城里的激动气氛继续升温。大街两旁的房屋正面五颜六色，摇晃飘动，因为它们都被匆忙地用欢迎招贴画装饰起来。有一幢小屋子装饰得特别漂亮：它的门迅速开启，一位年轻人走出来，他全家都跟在后面送他——这一天他刚达到观看处决的年龄。母亲高兴得直流眼泪，祖母把一个三明治塞进他的背包，小弟弟递给他拐杖。飞架街头的古石桥上（一度曾对行人大有裨益，可是现在只有呆望者和街道管理人在使用）早已挤满了摄影师。皮埃尔先生不断举手触帽檐向人群致意。纨绔子弟们骑着闪亮的机械自行车，从马车旁经过，伸长脖子看。一个穿土耳其裤子的人，提着一桶五彩纸屑从一家咖啡馆里走出来，可是没能撒到马车上，却一股脑儿撒在了一个剪短发的人脸上，他刚从对面的人行道上跑过来，手里还端着一只盛有“面包和盐”的欢迎大浅盘。

索莫纳斯上尉雕像仅剩下齐臀的两条腿，周围全是玫瑰花——它一定也是被雷劈的。前方某个地方有一支铜管乐队正在使劲演奏进行曲《小鸽子》。整个天空中有白色云朵忽动忽停地飘过——我看反复飘过的都是同样那几朵云，我看只有三种，我看那都是舞台布景，带有令人生疑的绿色调……

“好了，好了，瞧你这德行，别犯傻了，”皮埃尔先生说。“你果真要昏过去啦？这可不像个男子汉。”

他们终于到了。当时看客还比较少，但是人潮不断涌来。广场中央——不，不是正中央，那正是最可怕的地方——摆放着朱红色断头平台。市里那辆老旧的电动灵车默候在不远的地方。一支报务员和消防员的混合队伍正在维持秩序。乐队显然使尽全力在吹奏，因为只有一条腿的乐队残疾指挥正在疯狂地挥动双臂，但此时一点声音都听不到了。

皮埃尔先生提起胖乎乎的双肩，风度优雅地从马车上下来，立即转过身想帮辛辛纳特斯一把，可是辛辛纳特斯已经从另一边下了车。有人发出嘘声。

罗得里格和罗曼从驭者座上跳下来，他们三个人紧贴在辛辛纳特斯周围。

“我自己走，”辛辛纳特斯说。

距离断头台大约还有二十步，辛辛纳特斯为了不让任何人碰他，不得不小跑。人群中某个地方有狗吠。到了绯红色台阶前，辛辛纳特斯停住了脚步。皮埃尔先生挽住他的胳膊肘。

“我自己走，”辛辛纳特斯说。

他登上备有大砧板的平台，那是一块光滑、倾斜、擦得锃亮的厚橡木板，足以让一个人伸开双臂舒服地躺在上面。皮埃尔先生也上了台。台下的公众发出一阵嗡嗡的声音。

他们正忙着用提桶往地上撒锯屑，辛辛纳特斯不知所措，只好靠在木栏杆上，可是栏杆开始微微抖动，下面有些好奇的看客伸手来摸他的脚踝。他走开去，呼吸有点急促，舔湿自己的嘴唇，双臂有点笨拙地端在胸前，好像他是头一次这样做，他开始环顾四周。照明被做了手脚，太阳出了毛病，有一块天空在晃动。广场周围种上了杨树，但很僵硬，还会摇晃——有一棵正慢慢地……

但是人群中又响起一阵嗡嗡声：罗得里格和罗曼扛着一只

沉甸甸的箱子，跌跌撞撞，喘着粗气，嘟嘟哝哝，走上台阶，猛地放在了木地板上。皮埃尔先生脱去身上的夹克，只剩一件背心。在他的白色二头肌上，刺着一个青绿色的女人，活生生的同一个女人正站在人群的前排（尽管消防员们反复劝说，人群还是一个劲地涌向断头台），站在前面几排的还有她的两个妹妹，手持钓鱼竿的小老头，皮肤黝黑的卖花女，手执拐杖的年轻人，辛辛纳特斯的一个小舅子，正在看报纸的图书管理员，还有那位壮实的工程师尼基塔·卢基奇——辛辛纳特斯还注意到一个人，以前他每天早晨去幼儿园上班途中经常遇见他，但是已经记不起他的名字了。在前几排后面的其他各排，眼睛和嘴巴就画得不很清楚了。再往后，只能看见一层层模糊的面孔，朦胧之中每张面孔都一样——最远的几排像是随意涂抹在背景幕上似的。又有一棵杨树倒下了。

乐队突然停止演奏——更准确地说，是因为它停住了，人们才意识到它刚才一直在演奏。有一位乐师，肥胖而温和，他把乐器拆开，将闪闪发亮的各连接点中的口水甩出来。乐队背后是一片毫无生气、绿色的寓意景色：柱廊、悬崖峭壁、肥皂泡沫的小瀑布。

市政副执行官敏捷而充满活力地跳上台去（辛辛纳特斯不由自主地往后退缩），不拘礼节地抬起一只脚踏在砧板上（他善于轻松自在地发表演讲)，大声宣布：

“市民们！简单说两句话。最近在我们的街道上出现一种倾向，有些年轻人走得很快，我们这些老年人只好让到一边，甚至跌进水坑里。我还想告诉大家，后天在第一大道和布里格迪尔街的拐角处将举行家具展览，我诚挚地希望能在那里见到大家。我还要提醒你们，今天晚上的新编滑稽歌剧《苏格拉底必须消亡》演出，将会取得极大成功。还有人要我告诉你们，基弗分发中心得到大批女士腰带，机不可失。现在我要让位给其他表演者了，市民们，我祝大家身体健康，啥都不缺。”

他同样敏捷地从栏杆横档之间悄然穿过，从台上跳下来，台下发出满意的细语声。皮埃尔先生已经穿上白色围裙（围裙底下露出长筒靴)，正在用一条毛巾仔细擦双手，同时用平静善意的目光环顾四周。市政副执行官一讲完话，他立即把毛巾扔给助手，朝辛辛纳特斯走过去。

（摄影师们手中的方形黑色镜头晃动了一阵，停住了。）

“请不要激动，不要忙乱，”皮埃尔先生说。“首先我们得脱下你的衬衫。”

“我自己来，”辛辛纳特斯说。

“这才像个男子汉。把这件小衬衫拿走，伙计们。现在我来给你示范如何躺下。”

皮埃尔先生一下趴在了砧板上。观众中发出一阵嗡嗡声。

“这下你明白了吗？”皮埃尔先生问，蹦起来，把围裙扯平整（后面分开了，罗得里格帮他系上）。“好吧，咱们开始。光线有点刺眼……或许你可以……对了，很好。谢谢你。还可以再多一点点……太好了！现在我要请你躺下。”

“我自己来，我自己来，”辛辛纳特斯说，按照示范脸朝下躺好，但是他马上就用双手捂住了后脖子。

“真像个傻孩子，”皮埃尔先生居高临下地说。“你这样做，我可怎么……（对了，就这样。现在马上把水桶提过来）。可是你的肌肉怎么收缩得这么厉害？不应该有一点点紧张。要彻底放松。把双手挪开，请……（把家伙拿来给我）。完全放松，大声数数。”

“数到十，”辛辛纳特斯说。

“说什么来着，我的朋友？”皮埃尔先生说，似乎是要让他再重复一遍，接着又轻声补充了一句，已经开始举起来了，“往后退一点，先生们。”

“数到十，”辛辛纳特斯重复道，伸开双臂。

“我什么都还没有做，”皮埃尔先生说，显然有点喘不过气来，但他挥动的影子已经沿着台上的木板跑过去了，其时辛辛纳特斯开始大声沉着地数数：一个辛辛纳特斯在数数，但是另一个辛辛纳特斯早已不再注意不必要的数数声音了，那声音正在远处逐渐消失。他以前所未有的清晰——它来得如此突然，起初几乎有些痛苦，但是后来却使他充满快乐，他心里想：我为什么会在这里？我为什么会这样躺着？他问自己这些简单的问题之后，用实际行动做出了回答：爬起来四下里张望。

周围是一片奇异的混乱景象。透过刽子手还在摆动的屁股可以看到栏杆。脸色苍白的图书管理员坐在台阶上，正弯着身子在呕吐。看客们都很透明，也很无能，他们全都不断汹涌四散——只有后面几排，因为是画上去的，还留在原处不动。辛辛纳特斯从台上慢慢走下来，穿过移动的碎片正要离开现场，结果被罗曼追上。此时的罗曼已经缩小了很多倍，他同时也就是罗得里格："你在干什么！"他一边跳脚一边用低沉沙哑的声音说。"你不能这样做，你不能这样做！这对他，对每个人，都不诚实……回来，躺下——毕竟，刚才你已经躺下来，一切都已准备就绪，一切都已完成！"辛辛纳特斯把他推到一边，他发出一声凄凉的惨叫逃走了，心中只考虑自己的安全。

广场上几乎没留下什么东西。平台早已在一片淡红色的粉尘中垮塌。最后从台前跑过去的是一个身披黑色披肩的女人，怀里抱着幽灵般的幼小死刑执行者。倒下的树躺在地上，扁平无立体感，而那些还站立着的树也只有两维，惟有树干横向颜色的细微差别能使人联想到圆形，仅以其枝条挂在空中正撕裂着的网状结构上。一切都在解体。一切都在坠落。一股旋风正在加速、旋转，卷起灰尘、破布、涂过油漆的木头碎片、涂成金色的泥灰小块、纸板砖和招贴画，昏天暗地，疾速飞舞。在浮尘之中，在飘落的杂物之中，在飘动的景色中，辛辛纳特斯正朝着一个方向走去，根据声音判断，那里有他的亲人。